L'ÉTRANGER

晴れた日には『異邦人』を読もう

アルベール・カミュと「やさしい無関心」

東浦弘樹
Toura Hiroki

世界思想社

はじめに ＊ 始まりはいつも晴れ？

この本を始めるにあたって、大変恐縮ではありますが、きわめて個人的な思い出話をしたいと思います。私がはじめて『異邦人』を読んだのは、高校二年の晩秋ですから、いまから三十年あまり前ということになります。その頃、私の母は、主婦の読書会というものに参加しており、ふだんは有吉佐和子とか、澤地久枝とか、まあいかにも主婦が読みそうな本をとりあげていたらしいのですが、何を思ったか、カミュの『異邦人』を読むことになりました。母は結構、読書家ですが、それでも「ワタシはこういうものはよくわからないから、アンタが読んで、感想を聞かせて」と言ってきました。見てみると、それほど厚い本ではないし、すぐに読めそうでしたので、早速読みはじめました。

ところが、いざ読んでみると、主人公のムルソーがなぜ母親の葬式で泣かないのか、なぜ恩も恨みもないアラブ人を撃ち殺すのか、さっぱりわかりません。わからないながらも、ラストでムルソーが突然怒り出し、「僕は幸福だったし、いまもそうだ」と言う場面の異様なまでの迫力に圧倒され、そうだその通りだと膝を叩き、意味もなく感動しました。

当時、私はドストエフスキーのファンで、口を開けば、ドストエフスキー、ドストエフスキー。大学ではロシア文学を勉強したいと思っていましたが、ロシア語科ならともかく、ロシア文学科をもつ大学はきわめて少なく、困ったなと思っていましたから、そうだ、それならカミュをやろうということで、仏文科を志望しました。いい加減といえば、これほどいい加減な話もありませんが、その後、大学院に進学し、フランス政府の奨学金をもらって、パリの北一五〇キロのところにあるアミアンという小さな町の大学に留学して、国際カミュ学会会長のジャクリーヌ・レヴィ＝ヴァランシ先生の指導を受け、「アルベール・カミュの作品における幸福の追求とその表現」という研究テーマを選び、そういう題名で博士論文を書いたのですから、三つ子の魂百までとはこのことかと思います。

私の研究はカミュの文学作品全体にかかわるものですが、『異邦人』はカミュの代表作のひとつですから、当然、あちこちでいろいろなことを書きました。そうやってバラバラに書いたものをいつかひとつにまとめてみたい、それもフランス文学の専門家相手ではなく、ちょうど高校生の私がそうだったように、はじめて『異邦人』を読む読者のために、わかりやすく、面白い手引きのようなものを書きたい、そしてそこに私自身の解釈というスパイスを入れたいというのが、私の積年の願いでした。

カミュというと、どうしても「実存主義」や「参加の文学」といったことばがついて回ります。しかし、私は、『異邦人』を政治や哲学とは切り離し、ひとつの文学作品として考えたいと思っています。

『異邦人』を語るにあたって、私は四つの大きな問題を提起しました。ムルソーはどのような意味で「異邦人」なのか、ムルソーはなぜ母親の葬式で泣かないのか、ムルソーはなぜアラブ人を射殺するのか、ムルソーはなぜ物語の最後で「僕は幸福だったし、いまもそうだ」と言うのかの四つです。いずれも、『異邦人』を読む者なら誰でも感じる素朴な、しかしそれだけに本質的な疑問ではないかと思います。

専門家向けに書いたものではありませんから、『異邦人』に関する論文・研究書を網羅して紹介することは考えていません。しかし、主だったところは、押さえているつもりです。私が力を入れたのは、むしろ、『異邦人』とカミュの他の作品、特に『異邦人』以前に書かれた自伝的エセー集『貧民街の声』と『裏と表』、未完成の自伝的小説の草稿『ルイ・ランジャール』、『異邦人』の母胎となったと言われる習作『幸福な死』との比較です。それと同時に、それらの作品から読み取れるカミュの伝記的事実――カミュの母親の沈黙と無関心、カミュの祖母の死、母親の恋愛、カミュの結核体験――にも注目しました。とはいえ、私の目的は、作者の人生と作品を対応させ、作品を伝記的に読み解くことではありません。私が明らかにしようとしたのは、カミュの心の傷がどのような形で作品に反映されているかであり、それらの作品が織りなす網の中で、『異邦人』を読み解こうとした訳です。

私はまた、精神分析から「悪い母親」、「喪の仕事」、「アンビヴァレンツ」などの概念を援用しました。それには少し説明が必要かもしれません。カミュの作品の中心に、母親の沈黙と無関心があることは言うまでもありません。それだけに従来のカミュ研究は、母親を神格化し祭壇に祭り上げることしかしてきませんでした。少なくとも、私が読んでいた研究書はそうでした。そんなとき、現役の精神分析医であるアラン・コストの著書 *Albert Camus ou la parole manquante*（『アルベール・カミュ、または欠けている言葉』）を読んで、眼からうろこが落ちる思いがしました。コストは、いつも黙りこくった無関心な母親を「悪い母親」ととらえ、カミュの文学的創造を、「悪い母親」の支配から逃れ、「良い母親」に愛を語る試みとしてとらえていたのです。続いて読んだ、ジャン・ガサンの *L'Univers symbolique d'Albert Camus*（『アルベール・カミュの象徴的世界』）も、カミュの作品に見られる太陽、海、部屋、扉、赤、黒、犬、ギロチンなどを象徴としてとらえ、精神分析的見地から解読するというもので、とても刺激的な研究書でした。

「生兵法は大怪我のもと」ということばがありますが、精神分析は、素人が使うと、とても危険な道具になります。特にフロイトの理論は性理論と呼ばれ、すべてを性的なものに還元するため、アレルギー反応を示す人も少なくありません。だから、私は、精神分析的解釈をわれわれの常識的判断とできるだけ近づけ、慎重に、そしてわかりやすく分析を進めるつもりです。それによって、従来のカミュ像、あるいはカミュの中にある母親像に、新しい光を当てることができれば、本望です。

文学作品との出会いは、男女の出会いと同じです。きっかけは、ナンパでも、合コンでも、大学のサークルでも、主婦の読書会でもかまいません。大切なのは、どう出会うかではなく、その出会いが何をもたらすかです。私がそうであったように、みなさんにとって『異邦人』との出会いが忘れられない貴重な出会いとなることを願ってやみませんし、私のささやかな本にそのお手伝いができれば、このうえない幸せです。

私はこの本を『晴れた日には『異邦人』を読もう』というタイトルにしました。外の天気はどうですか。晴れているなら大いに結構。でも、曇りや雨でもいっこうに問題ありません。

カミュは「チパザに帰る」というエセーの中で、若い頃、何度も海水浴に行った思い出の場所、アルジェ近郊の遺跡チパザを二十年ぶりに訪れたときのことを書いています。季節は冬で、その日は雨が降っており、鉄条網で囲まれた遺跡に、かつての面影はありません。失望したカミュは、「青春の地に戻り、二十歳のときに愛し、激しく享受したものを、四十歳になってもう一度生きようとするのは、狂気の沙汰であり、必ずと言っていいほど報いを受けるものだ」と書いています。しかし、彼は雨がやむ日を待ち、意を決して、鉄条網を越え、十二月の輝く光の中で、「自分が探しにきたもの、時代や世界がどうあろうと、このひと気のない自然の中で、本当に自分ひとりだけに差し出されたもの」を見出します。彼は、「冬の最中でも、なにものにも負けない夏が自分の中にあることを知った」のです。

季節や天気には関係なく、みなさんの中にも、それぞれの「夏」があり、そこではまばゆい太陽が輝いているはずです。

さあ始めましょう。大切なのは始めることです。

晴れた日には『異邦人』を読みましょう。

晴れた日には『異邦人』を読もう

目次

はじめに　＊　始まりはいつも晴れ？　1

第1章　ムルソーは異邦人か……………………………………11

「異邦人」とは何か／カミュの初期作品における「異邦人」の使用／書きだしをめぐって／複合過去の使用／中性化する文体／「ママン」／「今日」／ムルソーという名前／ムルソーの生活／ムルソーは「不条理な人間」か／ムルソーは「怪物」か／カフェ・オ・レと煙草／母親の年齢／ムルソーを「異邦人」たらしめているものは何か／「自動人形のような女」

第2章　ムルソーはなぜ泣かないのか……………………………55

ムルソーはなぜ母親の葬式で泣かないのか／作者のことば／カミュの祖母の死／愛想のいい男／不器用な男／精神分析的解釈——「喪の仕事」の失敗／マリイ、母親の代理（？）／ムルソーと母親／後追い自殺／カミュと母親の奇妙な関係／カミュの結核体験／母親の「驚くべき無関心」

第3章　ムルソーはなぜアラブ人を殺害するのか……95

殺人にいたる経緯／アラブ人との出会い／太陽／「構造上の欠陥」／ムルソー＝殉教者／裁判の虚偽／なぜアラブ人か／ムルソーとレエモン／母親の「婚約」／カミュの母親の恋／一発目と二発目の間／母親を暴行した犯人／象徴的叔父殺し／ムルソー＝母親の恋人

第4章　ムルソーは幸福か……139

幸福な死刑囚／最終章のもつ意味／ムルソーと聴聞司祭／カミュのキリスト教観／作者の介入／カミュの作品における幸福／世界との同一化／メルソーの幸福／直線構造と円環構造／円環か螺旋か／「小石の幸福」／世界との兄弟関係／母親との和解／死刑執行の朝

おわりに　＊　思い出はいつの日も晴れ？　183

本書でとりあげたカミュの作品　187
本書でとりあげた研究書・研究論文　199
アルベール・カミュ略年譜　205

コラム
1　カミュとサルトル　39
2　カミュと演劇　78
3　ノーベル賞受賞とアルジェリア問題　118
4　アンドレ・ド・リショーの『苦悩』　134
5　カミュ－サルトル論争　170

アルベール・カミュ（フィレンツェにて　1937年）

CHAPITRE 1

ムルソーは異邦人か

Aujourd'hui, maman est morte. Ou peut-être hier, je ne sais pas. J'ai reçu un télégramme de l'asile : 《 Mère décédée. Enterrement demain. Sentiments distingués. 》 Cela ne veut rien dire. C'était peut-être hier.

今日、ママンが死んだ。ひょっとすると昨日かもしれないが、僕にはわからない。養老院から電報を受け取った。「ハハウエシス、マイソウアス、チョウイヲヒョウス」。これでは何もわからない。たぶん、昨日だったのだろう。

（『異邦人』第一部第一章）

「異邦人」とは何か

最初に作品の題名について考えてみましょう。『異邦人』という漢字三文字のタイトルは、なんだか堅苦しく、特殊なことばのように思う人が多いかもしれません。しかし、原題『レトランジェ（*L'Étranger*）』の「エトランジェ（étranger）」は、フランス語では日常的に使われるごくふつうの単語であり、「外国」「外国人」の意味で使われるほか、「よそもの」「部外者」などの意味もあり、形容詞として使うと、「無関係な」「見知らぬ」などの意味にもなります。英訳には、二種類の翻訳があり、イギリスでは『ジ・アウトサイダー（*The Outsider*）』、アメリカでは『ザ・ストレンジャー（*The Stranger*）』と訳されています。ちなみに、十九世紀フランスの詩人シャルル・ボードレールの散文詩集『パリの憂愁』にも同じタイトルの詩がありますが、こちらは「異邦人」、「異人」、「異人さん」などの訳があります。

『レトランジェ（*L'Étranger*）』というタイトルをうまく日本語に訳すのは、決して容易なことではありません。「外国人」が当てはまらないのはもちろんですし、「部外者」や「無関係な男」では、意味がよくわかりません。かといって、「見知らぬ男」では、ミステリアスな感じがして、ムルソーの単純かつ素朴な性格に合いません。また、「アウトサイダー」ではアクション活劇み

フランス版の書影
Gallimard, Folio, 1971

アメリカ版の書影
Vintage Books, 1961

イギリス版の書影
Penguin Classics, 1983

たいですし、「異人さん」では、「赤い靴はいてた女の子」の歌のようで、かわいらしすぎる……というようなことで、「異邦人」に落ち着いたのかもしれませんが、フランス語ではごくふつうの単語が、日本語に訳したとたん難解なものになってしまうのは、不幸なことと言うべきかもしれません。

むずかしい漢語を避けるため、野崎歓は「よそもの」というタイトルを提案していますが、わかりやすいことばだけに、「よその土地から来た人間」という文字通りの意味が前面に出てしまい、根っからのアルジェ人であると思われるムルソーにふさわしいかどうかは疑問と言わざるをえません。

フランス語では珍しくもない単語が、日本語に訳すと、突然、難解なことばになるというのは、カミュの思想を語る際によく使われる「不条理」ということばについても言えます。カミュは、『異邦人』出版の五ヶ月後、一九四二年十月に出版した哲学的エセー『シーシュポスの神話』の中で、「世界は合理的なものではない」と述べたうえで、「不条理（アプシュルド absurde）」を「このような不合理性と、人間の最も深いところで訴えが鳴り響いている明晰への激しい欲求の対峙」と定義しています。人間はすべてのことに意味や理由を求め、「なぜ」という問いを発しますが、世界は決してその問いに答えず、沈黙しているということですが、「アプシュルド（absurde）」という語そのものは、「馬鹿げたこと」「理屈に合わないこと」を意味するごくふつうのことばであり、「そんなアホな」という漫才の突っ込みにも使えるようなことばです。『シーシュポスの神話』は哲学的著作ですから、さほど違和感はありませんが、大げさに言えば、このような訳語の固さが、カミュを実際以上に難解な作家に仕立て上げ、日本におけるカミュの受容をゆがめた可能性は否定できません。

「エトランジェ（étranger）」ということばが、作品を読み解くうえで重要なキーワードであることは誰もが認めることでしょうが、作品の中で実際にこの単語が使われるのは、実はわずか二度にすぎません。

いずれも第二部第三章の裁判の場面で、最初は「彼［裁判長］は僕に、これから、この事件に一見無関係（étranger）に見えるが、おそらくは深くかかわっている問題に触れねばならないと言った。またしても彼がママンのことを話そうとしていることがわかった」という箇所で、形容詞として使われ、二度目は、養老院の門衛がムルソーにコーヒーをすすめたことについて、検事が「陪審員諸氏は、無関係な人間（étranger）がコーヒーをすすめるのはかまわない、しかし、息子は、命を授けてくれた母親の遺体の前では、それを断るべきだと結論づけるでしょう」という箇所で、名詞として使われているのですが、どちらの場合も、ごくふつうの使い方であり、特別な意味が込められている訳ではありません。

では、「エトランジェ」ということばは、それほど重要ではないのかというと、決してそうではありません。このことばを、カミュが独自の用語としていることもまた事実なのです。カミュは、一九三五年五月から死の直前の一九五九年十二月まで、二十四年余りの長きにわたって、創作ノートとでも言うべき『手帖』を書いていますが、その中に、一九三七年八月付けで、「ふつうひとが生涯を賭けるところ（結婚、仕事など）に人生を求めてきたが、ファッションカタログを読んでいるうちに、突然、自分がどれほど自分の人生（ファッションカタログの中で考えられているような人生）と無縁（étranger）だったかに気づく男」と記しており、「カミュ自身によれば、これが『異邦人』のテーマを意識的に示す最初の記述である」と、『手帖』の初代の編者ロジェ・キーヨは述べています。

また、先ほど紹介した『シーシュポスの神話』には、「たとえこじつけであっても、理屈で説明できる世界は、親しみやすい世界である。だが反対に、幻想と光を突然奪われた宇宙の中では、人間は自分を異邦人（étranger）と感じる」、「人間自体のもつ非人間性を前にしたときのこの不快感、われわれのあるがままの姿を前にしたときのこの測りしれぬ転落［……］」、鏡を見ていると、ある瞬間、目に映る異邦人（étranger）、われわれが自分の写真の中に見つけ出す、見慣れてはいるが、どこか不安をかきたてる兄弟、それもやはり不条理なものだ」というように、「異邦人性」と「不条理性」を密接に関連づけている箇所があります。

カミュの初期作品における「異邦人」の使用

カミュの初期作品をひもといてみますと、「エトランジェ」ということばがはじめて使われるのは、一九三四年十二月にカミュが最初の妻シモーヌへのクリスマスプレゼントとして書いたエセー集『貧民街の声』であることがわかります。

『貧民街の声』は、「声」をモチーフにした自伝的な四つの短いエセーからできていますが、「まずは考えることをしなかった女の声である」という一文で始まる最初のエセーで、カミュは母親にまつわる少年期の思い出を語っています。

母親の問題については、第2章で述べることになりますので、ここでは簡単に触れるにとどめますが、カミュの母親カトリーヌは、いつも無口で、なにごとにも無関心な人物でした。夫が第一次大戦に出征したのち、彼女は、一歳にも満たないアルベールとその兄のリュシアンを連れて、アルジェの貧しい人々が住む地区ベルクールの母のもとに身を寄せました。やがて、夫が戦死し、未亡人となった彼女は、生活のため家政婦として働きに出ました。

カミュはこのエセーの中で、仕事から帰って、暗いアパートの中でじっと床板の溝を見つめている母親と、その母親を見て立ちすくむ息子の姿を、次のように描いています。

もし彼［息子］がそのとき入ってくれれば、肩の骨が浮き出た痩せたシルエットが目に入り、立ち止まる。彼は怖いのだ。彼はたくさんのことを感じはじめる。これまで彼は、自分自身の存在をほとんど意識したことがなかった。だが、彼はこの動物のような沈黙を前にしてうまく泣けない。彼は母親に憐れみを抱いている。それは彼女を愛しているということだろうか。彼女はいままで一度も彼を愛撫したことがない。そうするすべをしらないからである。だから、彼は、何分もの間、彼女を見つめたままでいる。自分をよそもの（étranger）と感じることで、彼は自らの苦しみを自覚する。

「彼」という三人称を使い、「もし……入ってくれれば」と仮定の話のように書いていますが、この出来事がカミュの実体験に基づいていることは明らかでしょう。この箇所を読むだけで、カミュと母親との関係が世間一般の親子関係からいかにかけ離れたものであるかがわかるのではないかと思います。

ふつうの家庭なら——という言い方は語弊がありますが——ふだん仕事で家にいない母親が、たまたま家にいれば、子どもは、このときとばかりに喜んで、母親にまとわりつき、学校であったことや日頃思っていることをいろいろ話すのではないでしょうか。母親も、いくら疲れていようと、子どもの話に進んで耳を傾けるのではないかと思います。

ところが、アルベール少年は、母親の「動物のような沈黙」を前にして恐怖を覚え、「ただいま」を言うこともできず、アパートの入り口に立ったまま、ただ母親を見つめるだけです。「自分をよそもの（étranger）と感じる」ということは、目の前にいるひとは自分の母親ではない、自分はこのひとの息子ではないと感じるということです。この一節は、カミュの母親に対する複雑に入り組んだ感情をあらわしているように思えます。

このエセーは大幅に加筆・訂正されたうえで、一九三七年、カミュの友人のエドモン・シャルロが経営する出版社から刊行された処女エセー集『裏と表』の「諾と否の間」に再録されることになりますが、息子が母親の沈黙を前に自分を「よそもの」（étranger）と感じる箇所は、ほとんどそのまま使われています。

カミュは、一九三五年五月付けの『手帖』の冒頭にも、「僕の言いたいこと。ひとは――ロマンティスムなしで――失われた貧しさに郷愁をもつことがあるということ。何年間もの貧しい暮らしは、ひとつの感受性をつくりあげるに十分である。そのような特殊なケースでは、息子が母親に抱く奇妙な感情が彼の感受性全体を形成する。そのような感受性のさまざまな分野でのあらわれは、少年期の潜在的で物質的な思い出（魂にくっついたとりもち）によって十分に説明できる」と記しています。

また、一九五八年に『裏と表』の再版にあたって書き下ろされた序文の中でも、「ひとりの母親のすばらしい沈黙と、その沈黙と釣り合うような正義や愛情を見出すためのひとりの男の努力」を自分がこれから書く作品の中心に置きたいと述べています。カミュの作品世界において母親が最も重要な位置を占めることは明らかでしょう。

だからこそ、カミュにとって母親はすべてをありのままに受け入れる知恵の象徴であり、唯一にして絶対の崇拝の対象であるというようなことがよく言われます。しかし、先ほど引用した『貧民街の声』の一節を見るかぎり、母親は必ずしもそのような肯定的存在ではなく、その沈黙と無関心で息子を怯えさせ不安に陥れる「悪い母親」であるように思えます。カミュがここで自らの心の奥底にある母親に対するアンビヴァレンツ（愛情と憎悪の共存）について語っていることは間違いないと言えるでしょう。

題名に関する考察を逸脱し、いささか先走ってしまったかもしれませんが、「異邦人」ということばが、母親との関係――あるいは関係の欠如――から生まれたということはきわめて興味深いことに思えます。カミュにとって、「異邦人」とは、抽象的・哲学的概念である前に、実際の体験に基づく具体的かつ個人的な感覚にほかならないのです。

書きだしをめぐって

今日、ママンが死んだ。ひょっとすると昨日かもしれないが、僕にはわからない。養老院から電報を受け取った。「ハハウエシス、マイソウアス、チョウイヲヒョウス」。これでは何もわからない。たぶん、昨日だったのだろう。

『異邦人』はこの有名な一節で始まります。

おそらく『異邦人』を読んだことのないひとでも、この書きだしだけは知っているのではないでしょうか。古今東西の小説を集めて「世界書きだしコンクール」というようなものを開くとしたら、『異邦人』の書きだしは、カフカの『変身』のそれ――「ある朝、グレゴール・ザムザは、不安な夢から目覚めると、自分が寝床の中で途方もなく大きな毒虫に変わっているのを発見した」――と優勝を争うことになることでしょう。そうなると、日本代表はさしずめ夏目漱石の『吾輩は猫である』――「吾輩は猫である。名前はまだ無い」――か、川端康成の『雪国』――「国境の長いトンネルを抜けると雪国であった」――といったところでしょうか。

『異邦人』にせよ、『変身』にせよ、読む者をいきなり物語の中に引きずり込むところが、いかにも二十世紀的です。十九世紀の小説だと、そうはいきません。伝統的小説作法からいうと、物語を始める前に、主人公の外見や性格、経歴はもちろんのこと、家族構成、社会的地位、交友関係、家系、住居、さらには飼っている犬まで描くのがふつうだからです。『異邦人』は最初の一行からそのような伝統とはっきりたもとを分かっていると言えるでしょう。

『異邦人』のライバルとしてカフカの『変身』を挙げたのは、偶然ではありません。この二つの小説の冒頭には少なからず共通点が見られます。どちらも、最初の一行で、かたや母親の死、かたや毒虫への変身というショッキングな状況を扱っていますが、それに対する主人公の反応が不可解なのです。

ふつう、ひとは母親の死を知らされれば、驚き悲しむでしょう。母の思い出にひたり、涙を流すかもしれません。もし、毒虫に変身してしまったら、あわてふためくでしょう。なぜそんなことになってしまったのか、原因を知ろうとし、元の姿に戻る手立てを講じようとすることでしょう。

しかし、ムルソーも、ザムザも、そういった「ふつうの」反応はしません。ムルソーが最初に考えるのは、母親が死んだのが「今日」なのか「昨日」なのかということであり、ザムザが最初に考えるのは、このままでは仕事に遅れてしまうということです。彼らの反応はあまりにも日常的で、ことの重大さにそぐわないのです。

空手や柔道に型があるように、小説には小説の型があり、読者はその型に従って小説を読むものです。ところが、『異邦人』や『変身』は最初の一行から型に反しています。事態の重大さと主人公の反応の不調和は、読者の予想を裏切り、とまどわせます。『異邦人』と『変身』が「不条理小説」と呼ばれる理由の一端はそのあたりにあると言えるでしょう。

複合過去の使用

『異邦人』の書きだしについて、もうひとつ指摘しておかねばならないのは、「今日ママンが死んだ（Aujourd'hui, maman est morte）」という文章が、複合過去形という時制で書かれていることです。

フランス語には、単純過去形と複合過去形という二つの過去形があります。単純過去形が現在から切り離された歴史的過去をあらわすのに対して、複合過去形はもともと現在完了をあらわすために用いられていた時制が、過去に転用されたものであり、話し手の「いま・ここ」と密接に結びついた出来事を語るために用いられるのがふつうです。ごく大雑把に言えば、単純過去形は、書きことばで多く使われ、複合過去形は話しことばで多く使われると言っていいでしょうし、単純過去形が改まった場で使われるのに対し、複合過去形はくだけた場で使われると言ってもいいでしょう。

今日では複合過去形を使って小説を書くことは、決して珍しいことではありません。しかし、『異邦人』が発表された一九四二年当時においては、小説は単純過去形で書くのが当たり前であり、複合過去形を用いて小説を書くというのは、それだけで十分ショッキングなことでした。『異邦人』における複合過去形の使用について、ジャン＝ポール・サルトルは、「動詞が二つに割られ、破壊される」ことによって、「文は自己充足する孤立した実体」となると述べています。われわれ日本人にはいまひとつピンとこない部分もありますが、複合過去形の使用が、伝統的な小説作法に反するものであり、「今日」という表現とあいまって、『異邦人』の語りに口語的な特徴を与えているということは、記憶にとどめておくに値することかもしれません。

中性化する文体

とはいえ、では『異邦人』が、文学的要素を百パーセント排除した口語的な文体で書かれているのかというと、必ずしもそうとは言えません。ロラン・バルトは、『異邦人』の文体を文学的修辞を排した「中性的なエクリチュール」、「白いエクリチュール」と評していますが、M－G・バリエは、それに異を唱え、『異邦人』には口語的で非文学的な要素が多いが、同時に文学的な要素も少なからず見られることを指摘しています。

第一部の終わりの殺人の場面や、第二部の終わりでムルソーが聴聞司祭に怒りをぶつける場面で、文体が急に詩的になり、比喩的表現や修辞的表現が増えることは、誰もが気づくところかと思いますが、バリエは、それ以外の箇所にも詩的・文学的表現が見られるとして、第一部第一章の葬儀の場面の「太陽はアスファルトを溶かしていた。足がそこに沈み込むと、その輝く果肉が見えた」という箇所や、第一部第三章の終わりの「アパートは静まりかえり、階段の吹き抜けの奥から暗く湿った息吹きがのぼってきた」という箇所を例に挙げています。

バリエはまた、『異邦人』の中で接続法半過去形・大過去形が使われていることにも注目しています。接続法とは、「私は〜が〜するとは思わない（Je ne crois pas que 〜）」や「〜が〜するのは当然だ／不思議だ（Il est naturel/curieux que 〜）」、「私は〜が〜することを望む（Je veux que 〜）」など特定の表現の従属節の中で使われるもので、現在形・過去形・半過去形・大過去形の四つの時制がありますが、半過去形と大過去形はもっぱら書きことばで使われるものであり、日常的な場ではそれぞれ現在形・過去形で代用されるのがふつうです。

カミュの晩年の小説『転落』には、主人公であり語り手である元弁護士のジャン＝バティスト・クラマンスが、会話の中で接続法半過去形を使い、相手が変な顔をしたことに対し、「あなたはブルジョワだ。それも洗練されたブルジョワですね。接続法半過去形を聞いて変な顔をするというのは、あなたの教養を二重に証明しています。だって、あなたはまず接続法半過去形に気づき、次にそれにイライラさせられるわけですから」と言う場面があります。接続法半過去形・大過去形は、教養ある人間が改まった場で使うものであり、非常に格調の高い文学的なものであるということを前提にしゃべっている訳ですが、その接続法半過去形が十七回、接続法大過去形が四回、『異邦人』で使われているのです（そのほか、バリエは、カミュの「不注意からかもしれないが」と前置きしながら、『異邦人』で単純過去形が五回使われていることも指摘しています）。

それらのことから、バリエは、『異邦人』の文体が中性的に感じられるのは、文学的要素がないからではなく、作品の中にある文学的な要素と非文学的な要素が互いに打ち消し合っているからであると述べています。すなわち、『異邦人』の文体は、中性的な文体なのではなく、中性化する文体だというのです。バリエの説は、語り手ムルソーの素朴で庶民的な性格によって説明されることの多かった『異邦人』の文体を、作者カミュの手に戻し、作者の語りの技法を明らかにしている点で、非常に興味深いものであると言えるでしょう。

「ママン」

『異邦人』の冒頭の「ママン（maman）」は、翻訳家泣かせです。「ママン」は「母親」を意味する幼児語ですから、その点では日本の幼児語の「ママ」にあたるとも言えますが、微妙なニュアンスの違いがあります。

日本では、大人の男が自分の母親のことを「ママ」と言うことは、おそらくほとんどないのではないかと思います。家の中で母親を呼ぶときに使うのならともかく、人前で母親の話をするときに「僕のママが」と言おうものなら、笑われたり、馬鹿にされたりしかねないのではないでしょうか。

しかし、フランスでは、友人同士の気楽な会話であれば、「僕のママンが」という言い方をすることは十分にありえますし、「君のママンは元気かい」などと尋ねることもあります。それを考えれば、ムルソーが自分の母親のことを「ママン」と言うことは、それほど驚くべきことではないのかもしれません。

そうはいっても、小説という不特定多数を対象とする表現の最初で、成年に達して久しいと思われる男性がこのことばを使うことは、母親の死に対する彼の反応が冷淡であるだけに一層奇妙な感じがします。「ママン」という表現は、ムルソーの子どもっぽさをあらわすと同時に、彼と母親とのきわめて複雑な関係を示唆していると言えるでしょう。

「今日」

ところで、「今日、ママンが死んだ」の「今日」とは一体いつのことなのでしょう。そもそも、小説が「今日」で始まるというのはふつうでは考えられないことではないでしょうか。「一九一三年十一月七日」とか「一九六〇年一月四日」というならわかります（余計なことですが、前者はカミュの生年月日、後者はカミュが交通事故で死亡した日付です）。いや、そこまで限定しなくても、『蝶々夫人』のように「ある晴れた日」でもいいし、単に「その日」でもいいはずです。

小説というものは、そこで語られる出来事が終わってから、すべてを振り返る形で語るのがふつうです。ムルソーの物語が一日で完了するというのなら、「今日」で始まるのもわからないではありません。しかし、物語は、翌日も、翌々日も続いていきます。ということは、『異邦人』は語りと出来事とが並行して進んでいくという非常に珍しい形態をとっているということになります。すなわち、『異邦人』の語りの時点は、物語の進行に沿って、移動しているという訳です。

このような語りの時点の移動は、どのように解釈すべきでしょうか。カール・A・ヴィジアニは、『異邦人』の第一部は、ムルソーの日記であると述べています。たしかに、『異邦人』第一部には、何月何日という日付こそないものの、「昨日」「今日」など日記を思わせる時間表現が随所に見受けられます。また、各章が一日ないし二日に対応しており、ムルソーの生活がその日その日に日記形式で綴られているという印象を受けることも事実です（第二部では、そのような傾向は薄れ、勾留から判決までの十一ヶ月が、ふつうの小説と同じように、回顧的に描かれることになります）。

しかし、細かく読んでみると、章の内部でも語りの時点が移動していることがわかります。例えば、第一部第一章の第二段落でムルソーは「二時のバスに乗ろう。そうすれば午後のうちに着くだろう」と、頭の中で養老院行きの計画を立てています（原文では《Je prendrai l'autobus à 2 heures et j'arriverai dans l'après-midi.》と、「乗る」「着く」という動詞が未来形にされています）。ところが、次の第三段落では、「僕は二時のバスに乗った」と過去形で書かれており、第二段落と第三段落との間で語りの時点が移動していることがわかります。すなわち、第一章の最初の二段落――「今日、ママンが死んだ」から「いまのところは少し、ママンは死んでいないかのような感じだ。逆に、葬式のあとには、分類ずみのことになり、すべてはもっと公的な姿をとるだろう」まで――は、ムルソーが支配人に休暇を願い出てからバスに乗るまでの間に書かれたものであるのに対して、第三段落以降は、葬式を終えて、アルジェの自宅に帰ったあとに書かれたものだということになるのです。

このような章の内部での語りの時点の移動はほかにもいくつか見られます。そこで、ジャン＝クロード・パリアントは、ヴィジアニの説に修正を加え、小説の章分けと語りの時点の移動との不一致を次のように説明しています――投獄される以前のムルソーは、その日その日の出来事を日記につけていた。死刑を前に自らの物語を語ることを決意した彼は、投獄以前につけた日記と投獄以後の物語とをつなぎ合わせようとする。すなわち、『異邦人』第一部は、独房にいるムルソーの視点から再構成された日記である。日記とは、本来、断続的なものであるから、物語に組み込むためには、最小限の連続性と統一性を与えねばならない。そのような日記の再構成の過程において、章と語りの時点がズレてしまい、本来ならばひとつの章が一日をあらわすべきなのに、章の中で語りの時点が移動するという事態が生じたと、パリアントは述べています。

しかし、ムルソーは日記をつけるようなタイプの人間でしょうか。ロベール・シャンピニィやブライアン・T・フィッチは、『異邦人』第一部の語りがムルソーの日記であるという説を否定しています。

彼らによると、第一部における語りと出来事との同時性は、見せかけのものにすぎず、本当の語りの時点はただひとつであり、それは物語の最後の章、ムルソーがひとり独房にいる場面に位置します。すなわち、『異邦人』は見かけとはうらはらに、ふつうの小説とまったく同じく、すべての出来事が終わった時点から回顧的に語られているというのです。語りと出来事とが同時進行するかのようにムルソーが振る舞っているのは、「失われた過去を呼び覚ますための死刑囚の努力」のあらわれであり、そのようにして過去を再び生きることが、「彼に残された唯一の生き方」なのです。

『異邦人』第一部の語りが日記かどうかとか、ムルソーはいつ語っているのかとかいう議論は、ムルソーが架空の人物であることを考えれば、結局はむなしいものかもしれません。また、そのような話は、一般の読者にはどうでもいいことのように思えるかもしれません。しかし、第一部の語りが、結末の「すべてを生き直そう」というムルソーの決意と密接に結びついているということは、『異邦人』という作品を理解するうえできわめて重要であるように思います。ムルソーは自分の物語を語ることによって、失われた過去を、さらにはやがて失われる自己の生を生き直そうとしています。『異邦人』第一部での語りと出来事との同時性は、過ぎ去った過去をあたかも現在のものであるかのように追体験しようとするムルソーの努力のあらわれと考えることができます。

そのような設定が成り立つためには、物語の聞き手の存在が必要となります。喝采するにせよ、野次をとばすにせよ、聞き手がいなければ、ムルソーの試みは挫折するでしょう。ムルソーはなにごとにも無関心で、野心をもたず、自己顕示欲とはまったく無縁な人間です。しかし、舞台には観客が必要であり、物語には聞き手が必要です。その点では、ムルソーも例外ではありません。ムルソーは、決して虚空に向かって語っているのではありません。目には見えない、しかし本の向こう側には確実に存在するわれわれ読者に対して、自らの物語を語っているのです。

ムルソーという名前

ムルソーは、当時はまだフランスの植民地であったアルジェリアの中心都市アルジェに住む平凡な独身サラリーマンです。ムルソーというのは、姓名の姓、ファミリーネームにあたり、ファーストネームは書かれていません。ちなみに、作品の中でムルソーという名前が最初に出てくるのは、養老院の院長が彼の母を「ムルソー夫人」と呼ぶ場面であり、それまでは主人公は、「僕」というのみで、名無しのままです。

ムルソー（Meursault）という名前は、「死」と「太陽」の合成語であるとよく言われます。『異邦人』のストーリーにいかにも合致した解釈ですが、「ムル」（Meur）が、フランス語の「死ぬ」という動詞 mourir（ムリール）の現在形の活用の語幹 meur（ムル）を思わせる――例えば、「私は死ぬ」は je meurs（ジュ・ムル）、「彼は死ぬ」は il meurt（イル・ムル）と言います――というのはいいとしても、「ソー」（sault）を「太陽」soleil（ソレイユ）と結びつけるのは、いささか無理があるようにも思えます。

ムルソーというのは、フランスではそれほど珍しい名前ではなく、白ワインの銘柄にも使われており、カミュはある食事の席でこの銘柄のワインを見て、自分の小説にぴったりだと考え、主人公をムルソーと名付けたと語ったという話も残っています。私自身、「ソー」（sault）は、「救済」（salut）のアナグラムであり、ムルソーという名前には「死からの救済」が読み取れると書いたこともありますが、主人公の名前に過度の象徴性を読み取るのはつつしむべきかもしれません。

ムルソーの生活

書かれていないという点では、名前と同じく、ムルソーの年齢もまた書かれていません。ただ、第二部第五章、すなわち物語の最後の独房の場面で、「三十歳で死ぬのか、七十歳で死ぬのかということは、大して重要なことではない」と言っているところから、この時点で三十歳（物語開始時点では二十九歳）というのが通説になっており、カミュが『異邦人』が英訳されたときにつけた「アメリカ大学版への序文」の中で、ムルソーを「われわれにふさわしい唯一のキリスト」と評していることとあわせて、同じく三十歳で死んだとされているイエス・キリストにムルソーを重ねる論拠とされることもあります。

同じく独房の場面で「僕は父を知らない」と述べていることから、生後間もなく、父親が第一次世界大戦に出征し戦死したカミュの場合と同じく、ムルソーは、ものごころがつく前に父親を亡くしたと考えることができます。さらに、ムルソーは、父親が殺人犯の処刑を見物に行き、気分が悪くなって、家に帰って何度も吐いたというエピソードを語っていますが、これはカミュの父親に実際に起こったことであり、死刑制度について論じた政治的エセー『ギロチンに関する考察』や遺作となった未完の自伝的小説『最初の人間』でも、同様のエピソードが語られています。

家族構成については、カミュは生後九ヶ月から、母、祖母、兄、叔父と同居しており、十七歳のとき、結核の療養のため肉屋を経営していた親戚の家に寄宿したのをきっかけに、実家を離れましたが、ムルソーは、ずっと母ひとり子ひとりの生活を送っていたようで、三年前に母親を養老院に入れてからは、ひとりで暮らしています。

第一部第三章に、「机の上に船荷証券が山のように積み重ねられていた」とあることから考えると、ムルソーの勤め先はおそらく貿易会社か海運会社なのでしょう。それほど熱心な社員とは思えませんが、第一部第五章でパリ栄転の話をもちかけられるところをみると、上司からはそれなりに評価されているようです。大学進学率がそれほど高くなかった時代に、中退とはいえ、大学へ行ったことがあるという経歴がものをいっているのかもしれません。

ムルソーの生活はきわめて単調で、職場とアパートの間を往復する以外、行くところといえば、セレストのレストランくらいです。ときには映画に行ったり、海水浴に行ったりすることもあるようですが、日曜日を一日中アパートで過ごすことも多いようです。

カミュは『異邦人』の前に『幸福な死』という習作を書いています。『異邦人』の母胎となったと言われるこの小説は、一九三六年から一九三八年にかけて執筆されましたが、カミュは出来映えに満足できなかったようで、出版を諦めたため、生前は公表されず、一九七一年に死後出版の形で世に出ました。この小説の主人公の名前はパトリス・メルソー（Mersault）で、ムルソー（Meursault）とは一字違いです。『幸福な死』が『異邦人』へと生まれ変わる過程で、主人公はパトリスというファーストネームをなくしたかわりに、uの一字を手に入れた訳です。

メルソーはムルソーとほとんど同じ生活を送っており、『異邦人』第一部第二章でムルソーがアパートのバルコニーから外を眺めて日曜日を過ごす箇所は、『幸福な死』の一節をほとんどそのまま転用したものです。面白いのは、同じような仕事、同じような生活をしていながら、それに対する評価がメルソーとムルソーでは一八〇度違うことです。メルソーは生活のために毎日会社へ行き、八時間働くことがいやでたまりません。彼は、幸福になりたいと願い、幸福になるためには、時間が必要だ、時間は金で買える、だから幸福になるためには金を手に入れなければならないと考えています。だから、裕福ですが自動車事故で両足を失った年上の友人ザグルーに教唆されるような形で、自殺に見せかけて彼を殺し、その財産を奪います。

一方、ムルソーは同じような単調な生活に満足しており、パリ栄転の申し出があったときも、「ここでの自分の生活は少しも不愉快ではない」と言って、転勤を断っています。出不精で、無為を好む彼は、現在の生活に完全に満足しており、習慣の枠の外に出たがらないのです。

アルジェの港（©PANA）

その一方で、ムルソーは、たわいない遊びを好む子どもっぽい一面ももっています。彼は海水浴のとき、マリイの腰に腕を回しバタ足で泳いだり、昼休みに、同僚のエマニュエルとふたりで、走っているトラックの荷台に飛び乗ったりすることに、単純で素朴な喜びを見出しています。ロベール・シャンピニィは、「ムルソーの物語を読んでいると、しばしば純真で思慮深い子どもとかかわっているような印象をもつ。ムルソーは子どもの美徳を、特に無邪気さを維持している。彼は大人に堕落してはいない」と、ムルソーの子どもっぽい側面を肯定的に評価しています。彼は目の前にある感覚的なものにしか執着せず、その日その日をきまぐれに、無責任に過ごしており、それゆえに子どもだけがもつ生来の無垢を許されているのです。これほど知的気取りをもたぬ人物が主人公となることは、フランス文学史上稀であると言うべきでしょう。

ムルソーは「不条理な人間」か

ジャン＝ポール・サルトルは、『異邦人』と『シーシュポスの神話』の相関性・相補性に注目し、「カミュ氏は不条理の感覚と不条理の観念を区別している。〔……〕『シーシュポスの神話』はわれわれにこの観念を与えることをめざし、『異邦人』はわれわれにこの感覚をふき込もうとしているといえよう。二つの作品の順序はこの仮説を証明しているように思える。『異邦人』が先に出て、注釈なしに、不条理の〈風土〉の中にわれわれを投げ込み、次に来るエセーが風景を照らすのだ」と述べています。サルトルによれば、『シーシュポスの神話』は『異邦人』の「正確な注釈」にほかならないのです。

『シーシュポスの神話』で、カミュは、人生には意味がないという前提に立ち、そうである以上、すべての行為は等価値であり、「よりよく生きる」という「質の倫理」はもはや通用せず、「より多く生きる」という「量の倫理」を生きるべきであると書いています。そして、そのためには不条理――すべてを理解したいと望む人間と何ひとつ説明しない世界との対峙――から逃

コラム１　カミュとサルトル

カミュは、一九三八年十月、『アルジェ・レピュブリカン』紙にサルトルの小説『嘔吐』の書評を、翌一九三九年五月に、短編集『壁』の書評を載せています。一方、サルトルは、一九四三年、『カイエ・デュ・シュッド』誌二月号に「『異邦人』解説」を書いていますが、ふたりが実際に会ったのは、一九四三年六月二日、サルトルの戯曲『蠅』の初演のときでした。その後、シモーヌ・ド・ボーヴォワールをまじえて、パリのサンジェルマン・デプレにある有名な喫茶店「カフェ・ド・フロール」で再会した際、サルトルは戯曲『出口なし』の演出とガルサン役をカミュに任せたいと申し出て、ボーヴォワールの部屋で稽古が始まります。諸般の事情で、この公演は実現しませんでしたが、それ以来、三人は親交を深めることになります。

パリ解放後は、実存主義の名のもとにカミュとサルトルの名前が並べられることが多くなりますが、カミュはそれに不満だったらしく、一九四五年十一月、『レ・ヌーヴェル・リテレール』誌のインタビューの中で、「私は実存主義者ではありません」と言っています。

れるのではなく、逆につねに不条理を直視していなければならないと言い、そのような生き方を実践する人間を「不条理な人間」と呼び、「ドン・ファン」、「役者」、「征服者」、「創造者」を例に挙げています。

では、ムルソーは「不条理な人間」と言えるでしょうか。ジャンヌ・ル・イールは、ムルソーは「意識の目覚めのあとに位置する」人物であり、彼の言動は「不条理の実践に繰り入れることができる」ものであるとして、ムルソーを「不条理な人間」とみなしています。

また、私の恩師であり、国際カミュ学会の会長でもあったジャクリーヌ・レヴィ＝ヴァランシは、ムルソーがパリ栄転の申し出を断る場面を踏まえて、次のように述べています。

> 不条理の発見はすでになされている。ムルソーは、学業を放棄し、野心を捨てねばならなくなったとき、「ひとが人生を変えるなどということはない」、「どんな人生も価値は等しい」、「そういったことすべてには現実的な重要性はない」ということを理解したのではないだろうか。［……］小説の冒頭から、ムルソーは不条理の意識の中に生きている。

たしかに、ムルソーはすべての行為は等価値であると考えており、よりよい人生を求めることはしませんし、そもそもそのようなものがあるなどと思っていません。しかし、その点以外、ムルソーと「不条理な人間」とに共通するものは何もないのではないでしょうか。「不条理な人間」とは、つねに意識を最大限に研ぎすましている人間ですが、ムルソーは、カミュ自身も言っているように、「明確な意識のない人間」なのです。

『シーシュポスの神話』の中で、カミュは不条理の目覚めについて、「舞台装置が崩壊することがある。起床、路面電車、会社や工場での四時間、食事、路面電車、四時間の仕事、食事、睡眠、同じリズムで過ぎていく月火水木金土――こういう道を、たいていのときはすらすらとたどっている。ところがある日、〈なぜ〉という問いが頭をもたげ、驚きに染まったこの倦怠の中ですべてが始まる」と書いていますが、ムルソーは何かを自らに問うこともなく、ただ同じリズムで日々を過ごしていくだけです。

ムルソーはまた他人との対立も知りません。第二部第一章で、弁護士に対して「僕は自分がみんなと同じであること、絶対に同じであることをできれば説明したかった」と述べていることや、同じ章で、予審判事に「母親を愛していたか」と尋ねられて、「ええ、みんなと同じように」と答えていることからもわかるように、彼は自分が他の人間と違っているとはまったく思っていません。また、実際、同じアパートに住んでいるサラマノ老人も、レエモンも、同僚のエマニュエルも、いきつけのレストランの主人セレストも、ムルソーを変人だとは思っていません。恋人のマリイだけは、ムルソーを「変わっている」と言い、「いつかそれが理由で嫌いになるかもしれない」と言いますが、「いまはまだ、そのせいで彼を愛している」とも言います。

殺人を犯し被告席に座ったムルソーは社会から異端視され、断罪されることになりますが、第一部ではまだ他者との軋轢や対立は存在しないと言えるでしょう。ムルソーは、自分が他人から疎まれたり、憎まれたりすることがあるかもしれないとさえ思っていないようです。だからこそ、第二部第三章の裁判の場面で、自分が法廷中から嫌われているのを感じて、「泣きたいという馬鹿げた欲望」にとらわれるのです。

ムルソーの生の根底にあるのは、「不条理」の意識やそこから生じる「量の倫理」ではなく、そのときそのときの肉体的な欲求ではないでしょうか。彼は日常性の中に埋没した人間であり、自己と世界の対峙・乖離をいまだ知らず、「人生に必要な眠り」の中でまどろんでいる不条理以前の人間であると言うべきではないかと思います。

ムルソーは「怪物」か

第二部の裁判の場面で、検事は、ムルソーが母親の死顔を見ようとしなかったこと、母親の棺の前でカフェ・オ・レを飲み、煙草を吸ったこと、母親の年齢を知らなかったこと、葬儀の翌日、海水浴に行き、喜劇映画を見て笑い、女と一夜をともにしたこと、「道徳的にいかがわしい男」

と共謀して女をおびき出したことなどをとりあげ、ムルソーは「人間らしいところがひとつもない」怪物であるとして、極刑を求めることになります。たしかにムルソーの態度は奇妙であり、非難されてもしかたがないところがあるかもしれません。しかし、彼の言動をひとつひとつ検討してみると、情状酌量の余地がない訳ではありません。

母親の死顔を見なかったことについて言えば、つい読み飛ばしてしまいがちなところですが、ムルソーは、養老院に着いてすぐ、「ママンの顔を見たいと思った」と言っています。そうできなかったのは、「まず院長に会わなければならない」と門衛に言われたからであり、「院長の手がふさがっていたので、しばらく待たねばならなかった」からです。

また、院長との面会のあと、霊安室で、門衛が黙って棺の蓋をあけていれば、ムルソーは当然母親の顔を見たのではないかと思います。しかし、門衛は、棺を開ける前に、「もう蓋がしてある。おふくろさんを見せるにはネジを抜かなきゃならん」と、余計なひと言を言います。門衛が棺のネジを抜き、またしめ直すのを面倒に思っていることは明らかでしょう。

ムルソーが母親の死顔を見ようとしないのは、不満げな門衛に気を遣い、その手間を省いてやるためではないでしょうか。彼は相手の不満そうな様子にとまどい、気を遣うあまりに、つい言い訳がましくなり、自分が置かれている状況にふさわしくないことを言ってしまうのです。無論、彼にも、自分の発言が常識はずれであることはわかります。だから、母親の死顔を見ることを断ったあとで、「そんなことは言うべきではなかったと感じて、ばつの悪い思いを」するのではないでしょうか。

カフェ・オ・レと煙草

カフェ・オ・レと煙草の件は、モラルの問題とマナーの問題が混同されており、言いがかりに近いようにも思えます。そもそも、母親の棺の前でカフェ・オ・レを飲むことのどこがいけないのでしょう。通夜の日、ムルソーは昼食後は何も食べていません。門衛が食堂へ行って夕食をとるようすすめますが、ムルソーはお腹は空いていないと言って断ります。そこで門衛はかわりにカフェ・オ・レをもってきます。そのような経緯からすれば、ムルソーがカフェ・オ・レを断る理由はどこにもありません。強情をはって断れば、門衛の気遣いを無にすることになるだけです。いつも相手を満足させようとするムルソーがそんなことをするはずがありません。それに、いくら空腹でないとはいっても、昼から何も食べずにいるのです。そんなときに、自分の好物であるカフェ・オ・レを飲み、おいしいと思うのは、生理的に自然なことではないでしょうか。

煙草について言えば、ムルソーはかなりのヘビー・スモーカーであり、第一部第二章の日曜日をひとりアパートで過ごす場面では、正午までに煙草を数本吸い、夕方窓から外を眺めながら二本吸っています。つづく第三章では、たまたま煙草を切らしていたため、レエモンから一本もらって吸い、ワインが空になったあとも、ふたりで「何も言わずに、煙草を吸いながら、しばらくじっとして」います。さらに、第六章では、マソンの海辺の別荘に招かれた彼は、昼食後、「しきりに煙草をふかして」います。

獄中のムルソーが一番つらいと感じるのは、煙草が吸えないことであり、第二部第二章では、ベッドの板をはがして、煙草のかわりに、木片をしゃぶることまでしています。ムルソーは食べ物に関しては鷹揚というか無頓着で、パンがなければないですましてしまうし、卵をフライパンからじかに食べたり、パスタを立ったまま食べたりするのは平気ですが、煙草にはきわめて強い執着があるようです。

ムルソーのような愛煙家にとって、喫煙は飲食や睡眠と同じく肉体的・生理的欲求の一部です。母親が死んでも、それは変わるものではありません。時と場所を考えれば、どこか別の場所へ行って吸えばよかったのかもしれませんが、そうしなかったからといって、怪物扱いされねばならないものでしょうか。ムルソーとて、ママンの前で煙草を吸っていいかどうか自問し、一瞬ためらっているのですから、ＴＰＯを心得ていない訳ではありません。しかし、しばらくためらったのち、「考えてみたら、そんなことはまったくどうでもよいことだった」と、門衛にも一本すすめ、一緒に吸うのです。

ちなみに、このように選択肢が二つあり、どちらをとるべきか迷ったとき、「どちらでも同じことだ」と考えながら、結果的に悪い方の選択肢を選ぶのは、ムルソーの行動パターンのひとつであるように思えます。第一部第六章で、アラブ人に腕を切りつけられて興奮したレエモンからピストルをとりあげ、別荘まで連れ戻した彼は、「ここにとどまるのも、出かけるのも、結局は同じことだ」と考えながら、浜に向かって歩き出し、泉の前でアラブ人と出くわした際には、「自分が後ろを向きさえすれば、それですむ」と思い、「一歩動いたからといって太陽から逃れることはできない」と思いながら、アラブ人の方へ一歩踏み出すことで、殺人の契機をつくってしまいます。煙草の件は、それに比べると、もちろん、はるかに些細で無害ですが、パターンとしては同じであると言えるでしょう。

母親の年齢

母親の年齢を知らなかったことは、カフェ・オ・レを飲んだり、煙草を吸ったりしたことよりも重大であるように思えるかもしれません。しかし、われわれは自分の親の年齢を聞かれてすぐに答えられるものでしょうか。しばらく考えて、生年から逆算するなり、「二年前に還暦を迎えたから、六十二歳だ」というように計算するなりすれば可能でしょう。しかし、瞬時に答えるのはむずかしいのではないでしょうか。ましてや、葬儀の日、睡眠不足と暑さで頭がボーッとしているムルソーが、葬儀屋に「年寄りだったのかい」と尋ねられ、咄嗟に答えられないとしても、ある程度はやむをえないのではないでしょうか。

「正確な年齢を知らなかったので、僕は「ええ、まあ」と答えた」とムルソーは言いますが、「正確な年齢」は言えなくとも、「およその年齢」なら言えたかもしれません。相手は本気でムルソーの母親の年齢を知りたがっている訳ではないでしょうから、適当に答えてもかまわないはずですが、ムルソーは妙なところで律義というか、「正確さ」にこだわるところがあります。このことに懲りたのか、翌週の月曜日、支配人に母親の年齢を尋ねられたムルソーは、「間違わないために」「六十歳くらい」と答えています。本当に懲りたのなら、正確な年齢を計算しておけばいいようなものですが、そこまでは考えなかったようです。そのような律儀さと杜撰さをあわせもっているのが、ムルソーの特徴と言えるでしょう。

以上、ムルソーが母親の死顔を見ようとしなかったことや、棺の前で煙草を吸い、カフェ・オ・レを飲んだこと、母親の年齢を知らなかったことを善意に解釈するようなことを書きましたが、ムルソーの異常とも思える言動を正当化することは、私の本意ではありません。母親の葬式で泣かないことや、葬式の翌日に海水浴に行き、海で再会したマリイと一夜をともにすることなどは、やはりふつうとは言いがたいものがありますし、物語のこの時点では、ムルソーを「とんでもない奴だ」と思うのが当然です。そして、それが作者カミュの意図でもあるはずです。ただ、ムルソーの言動の少なくとも一部は、二通りに解釈できるようになっていることは重要でしょう。彼は情の通わない冷たい人間であると考えることもできますが、同時に、単に不器用なだけで、まったく悪気のない人間であるとも言えるのです。

ムルソーを「異邦人」たらしめているものは何か

では、なぜムルソーは「異邦人」たりえるのでしょう。いや、そもそも彼は誰にとって「異邦人」なのでしょう。

「不条理」が、世界と人間の対峙にあるように、「異邦人」性もまた関係の中にあります。万人にとっての「異邦人」などというものは存在しません。「異邦人」とは、つねに誰かにとっての「異邦人」なのです。英訳タイトルが示すように、「異邦人」がアウトサイダーであるならば、その対立項たるインサイダーがどこかにいなければなりません。それは、ムルソーの物語を読んでいる読者以外の誰でありえるでしょうか。

『シーシュポスの神話』には、電話ボックスの中で電話をかけている男の姿を、人間が「非人間的なものを分泌する」例として挙げた有名な一節があります。

人間もまた非人間的なものを分泌する。明晰さが訪れるある瞬間、人間たちの動作の機械的側面、意味を失ったパントマイムを見ていると、まわりのすべてが馬鹿げたものに思えることがある。ひとりの男がガラスの仕切り板の向こうで電話をかけている。その声は聞こえず、意味のない身振りだけが見える。そうすると、この男はなぜ生きているのかという疑問が湧いてくる。

サルトルはこの一節を踏まえて、カミュは「作中人物と読者の間に、物については透明だが、意味については不透明なガラスの仕切り板を差し込んでいる」と指摘しています。サルトルは、この「ガラスの仕切り板」はムルソーの「意識」であるとしていますが、むしろ彼の「語り」がそうなのではないでしょうか。

小説には一人称で書かれているものと三人称で書かれているものがあります。三人称の語りは、さらに、作者の神のごとき全知全能の視点から語られているもの、特定の人物の視点から語られているもの、複数の人物の視点から語られているものの三つに細分されます。また、一人称の語りは、主人公の「わたし」によって語られているものと、副次的な人物によって語られているものの二つに細分されます。

『異邦人』のように主人公の一人称によって語られる小説は、「わたし」の見聞きしたこと、知りえたことしか書けないという制約がある反面、主人公の主観、心理のあや、心情の告白を描くのに適しています。したがって、読者は当然、ムルソーが自分の言動の心理的背景を説明し弁明するものと予想します。しかし、その予想は見事に裏切られます。

読者は、ムルソーがしたこと、見たこと、聞いたことを知ることはできますが、彼が感じたことはわかりません。もっと正確に言えば、彼の感覚――快・不快、暑さや光が彼に与える影響や、眠気や疲労――折々の印象や感想は知りえますが、彼の行動を決定する動機や感情について知ることはないのです。その意味では、サルトルの言う「物については透明だが、意味については不透明なガラスの仕切り板」は、「行為については透明だが、感情については不透明なガラスの仕切り板」と言い換えるべきではないでしょうか。

サルトルは、先に挙げた引用に続けて、「電話をかけている男の身振りは、相対的に不条理であるというにすぎない。それは回路が切れているというだけの話だ。扉を開け、受話器を耳にあてれば、回路は元通りになり、人間の活動は意味を取り戻すのである」と書いています。彼にとって、人間存在の「異邦人」性は、仕切り板を開けただけで簡単に解消されるようなものではなく、「電話をかけている男」は、「異邦人」を描くイメージとして、十分ではないということなのでしょう。

しかし、「異邦人」とは本来、そういうものではないでしょうか。「異邦人」となるためには、特に変わり者である必要はありません。どんな人間でも、動機付けや因果関係がなければ、「異邦人」たりえるし、逆にどんな奇妙な人間でも、そこになんらかの心理的裏付けがあれば、「異邦人」ではないのです。

「自動人形のような女」

ムルソーがセレストの店で、偶然、相席する「自動人形のような女」は、読者とムルソーの間にある見る者と見られる者の関係を二重化するものとして興味深いものがあります。「ぎくしゃくした動き」で、「輝く目」をしたこの奇妙な女性は、「熱にうかされたように」メニューを眺め、「正確かつ早口に」注文をすませると、ハンドバッグから四角い紙片と鉛筆を取り出し、料理の値段を計算し、それにチップを加えた金額をテーブルに並べます。前菜が運ばれてくると、彼女は料理を「大急ぎで飲み込み」、ラジオのプログラムの載った雑誌を取り出し、「細心の注意を払って」番組に印をつけはじめます。ムルソーは、彼女に興味をもち、彼女について店を出て、しばらくあとをつけますが、やがて見失ってしまいます。

ムルソーはなぜこの女性に興味をもつのでしょう。彼女の行動はたしかに奇妙ですが、それ自体、特に人目を引くようなものではないようにも思えます。レストランで同じテーブルに座ることがなければ、ムルソーは彼女に気づくことさえなかったのではないでしょうか。

彼女が奇妙に映るのは、その行動に理由が欠けているからです。動きがぎくしゃくしているのは、病気や怪我や肉体的欠陥のせいかもしれません。あらかじめ支払うべき金額を計算し、用意しておくのは、急いでいるからかもしれないし、以前どこかのレストランで支払いに関してトラブルがあったからかもしれません。ラジオのプログラムを丹念に読み、印をつけるのは、妙な男が話しかけてこないようにかもしれませんし、ラジオ以外に楽しみのない孤独な生活を送っているからかもしれません。そのような理由がわかれば、彼女はもはや奇妙ではなくなるはずです。しかし、外側から彼女を観察しているだけのムルソーには、当然ながら、彼女の行動の理由を知るすべはありません。だから、彼女を奇妙だと感じるのです。

ムルソーを外側から眺めるわれわれ読者についても同じことが言えるのではないでしょうか。主人公がどんなに奇妙な振る舞いをしようと、そこに心理的な裏付けがあれば、読者は納得するはずです。例えば、ムルソーと母親の間に何らかの確執があったとでもいうのなら、ムルソーの言動はそれほど不思議ではなくなるはずです。しかし、そのような記述は一切ないまま、物語は進みます。

読者がとまどうのは、主人公であると同時に語り手でもあるはずのムルソーが、自らの言動をまったく説明しようとしないからです。読者は好むと好まざるとにかかわらず、「ガラスの仕切り板」越しにムルソーの生活を覗き見ることになるのです。そのような窃視者の目には、日常の変哲のない行為までが、奇怪で理解不能のものに映ります。ムルソーを「異邦人」たらしめているものは、このような語りの技法であると言うべきでしょう。

CHAPITRE 2

ムルソーはなぜ泣かないのか

Sans doute, j'aimais bien maman, mais cela ne voulait rien dire. Tous les êtres sains avaient plus ou moins souhaité la mort de ceux qu'ils aimaient.

たしかにママンのことは好きだが、それには何の意味もない。健康な人間なら誰でも、愛する者の死を少しは願ったことがあるものだ。

（『異邦人』第二部第一章）

ムルソーはなぜ母親の葬式で泣かないのか

ムルソーはなぜ母親の葬式で泣かないのか。彼は情の通わない怪物なのか。それとも、悲しみが外に出るのを妨げる何かが、彼の心の中にあるのか――これは『異邦人』を読む誰もが一度は抱く疑問でしょう。ムルソーは三十歳手前の立派な社会人――いや、立派かどうかはわかりませんが、一応は社会人ですから、母親が死んだからといって号泣する必要は、もちろん、ありません。しかし、彼の態度はあまりに冷淡であり、読む者を唖然とさせるのです。

多くの批評家、研究者が、この素朴な、しかし本質的な疑問に取り組んできました。しかし、この疑問自体、ある意味で罠のようなところがあり、いくつかの暗黙の了解のうえに成り立っているように思えます。すなわち、ひとは誰でも母親を愛するものだ、愛する者が死ねば悲しいはずだ、悲しみは必ず外面にあらわれるはずだ、しかるにムルソーは悲しみを外面にあらわさない、これは一体どういうことか――という訳です。別の言い方をすれば、『異邦人』は、あまりに当然すぎて、改めて考えることのないこれらの了解そのものを疑問に付す作品であると言えるでしょう。

以下では、なぜムルソーが母親の死を悲しまないのかを、作者のことば、精神分析的解釈、カミュと母親の奇妙な関係という三つの観点から考えてみたいと思います。

作者のことば

ではまず、この問題について、作者はどう言っているか、『異邦人』の英語訳の出版にあたってカミュが書き下ろした「アメリカ大学版への序文」を手がかりに考えてみましょう。『異邦人』の出版が一九四二年であるのに対し、この序文が書かれたのは一九五五年、出版されたのはさらにその三年後の一九五八年ですから、その間、十年以上の年月が流れており、その点は少し割り引いて考える必要があるでしょうが、この序文の中で、カミュはムルソーを「演技をしない男」、「嘘をつくことを拒む男」と言っています。

随分前に、私は「われわれの社会では、母親の葬式で泣かない人間はみな、死刑を宣告されるおそれがある」という非常に逆説的だと思われる言い方で、『異邦人』を要約したことがある。私はただ、この本の主人公は演技をしないから処刑されると言いたかっただけなのだ。[……]彼は嘘をつくことを拒む。嘘とは、ありもしないことを言うだけではない。それはまた、とりわけ実際にある以上のことを言うことであり、人間の心について、実際に感じている以上のことを言うことである。それはわれわれがみな、毎日、人生を単純にするためにしていることである。外見とはうらはらに、ムルソーは人生を単純なものにすることを望まない。彼はありのままを語り、自分の感情に仮面をまとわせることを拒む。するとたちまち、社会は脅威を感じるのだ。

魚釣りに行って、鯨を釣ったとホラをふくのも嘘なら、数センチの小魚しか釣っていないのに、三十センチの大物を釣ったと誇張するのも嘘である、それと同じように、儀礼上、それほど嬉しくないのに、嬉しそうな顔をしてみせたり、大して悲しくないのに、悲しくてたまらない顔をしてみせたりするのは、演技であり、嘘である、ムルソーはそのような嘘を拒絶するのだと、カミュは言っているのです。

誤解のないよう言っておきますが、カミュは、ムルソーのような「正直な」生き方が理想的であるとか、誰もみな彼のように生きるべきだとか主張している訳ではありません。若い人たちのなかには、本音で生きることがすばらしいと思っている人が少なくないようですが、建て前というものをすべてなくしてしまえば、社会生活が成り立たなくなるのは火を見るよりも明らかです。問題は、人間に演技を強いる「演劇的社会」であり、そのような社会に過剰適応して、自分でも何が演技で、何が本気かわからなくなってしまうことではないでしょうか。

ひとはよく「悲しみのあまり、何も喉を通らなかった」とか、「一睡もできなかった」とかいうことを言います。それが誇張であり、ことばのあやであることがわかっていればいいのですが、いつの間にか、自分でもそれを信じてしまうことがあります。どんな悲しみの中にあろうと、人間はお腹も空くし、喉もかわきます。きれいな女性がいれば、みとれることもあるでしょう。良くも悪くも、人間というのはそういうものですし、だからこそ悲しみを乗り越えて生き続けることができるとも言えます。しかし、多くの場合、人間は、そういうことを一切なかったことにしてしまいます。

第二部第一章で、ムルソーは「健康な人間なら誰でも、愛する者の死を少しは願ったことがあるものだ」と言って、弁護士を怒らせますが、このことばは人間の心に関する本質をついているように思えます。われわれは、家族や恋人や友人を愛していています。しかし、ときには喧嘩をして、「お母さんなんか、嫌いだ。死んじゃえ」（「お母さん」のところに、「お父さん」や「お兄ちゃん」や「お姉ちゃん」など、誰を入れても構いません）と思ったことはないでしょうか。恋人のことを負担に思い、「いなくなってくれれば、もっと好き勝手に生きられるのに……」と思ったことはないでしょうか。また、家族が死んだときのことを空想して、悲劇のヒーロー、ヒロインになった気分で、自分に酔ったことはないでしょうか。もちろん、だから愛していないとか、偽りの愛だとかいうことにはなりませんし、罪の意識をもつ必要もありません。愛というのはそういうものですし、人間の心とはそういうものだと思います。

しかし、ひとは自分がそういうことを思ったということを認めたがらないものです。外聞が悪いという以上に、自分の愛が、あるいは自分の人格が傷つけられたような気がするからでしょう。だから、「私は○○を愛している」ということばで現実を覆い、空想の中でそのひとの死を望むというような「負の感情」はなかったことにしてしまうのです。その意味では、カミュの批判は、社会だけではなく、人間の感情とことばとの関係にまで及んでいると言うべきかもしれません。

ムルソーは決して人間のあるべき姿を示す模範的な人物ではありません。先ほど引用した「アメリカ大学版への序文」の中で、カミュは、ムルソーの真実を「いまだ否定的な真実」と言っています。いささかわかりにくい言い方ですが、ムルソーは、何が正しいか、何があるべき姿かを示す人物ではなく、何が間違っているかを示す人物だと考えることができるでしょう。

ムルソーは、お腹が空けば食べ、眠くなれば眠り、きれいな女性が目の前にいて、彼のことを憎からず思っていれば、喜んでベッドをともにする人間です。そして、そういう無邪気で素朴な人間であるからこそ、われわれがふだん気づかずにいる社会や言語の虚偽を暴き出してくれるのです。彼は、「王様は裸だ」と叫ぶ子どもにほかならないと言えるでしょう。

カミュの祖母の死

カミュが言う「嘘」＝「演技」に大きなかかわりがあると思われるのは、カミュの処女エセー集『裏と表』の最初の作品「皮肉」に書かれている祖母の葬儀のエピソードです。すでに述べたように、カミュ一家は、アルベールの生後間もなく父親が第一次大戦に出征したのち、母方の祖母カトリーヌ・サンテス――ムルソーの隣人レエモン・サンテスの姓は、祖母の姓からきています。ちなみに、祖母の旧姓はカルドナであり、こちらはムルソーの恋人マリイの姓に使われています――のもとに身を寄せました。一家の暮らしは貧しく、母親は家政婦として働きに出なければならなかったため、幼いアルベールは祖母に育てられました。

カミュは、粗暴で支配欲の強い祖母があまり好きではなかったらしく、「皮肉」では、「愛とは要求するものだと信じ込み」、「一切を過敏な獣のような自尊心のために犠牲にする」一家の暴君として描いています。彼は「思い出すといまでも顔が赤くなる」出来事として、家に客が来ると、祖母が「お前は、お母さんとお祖母さんのどっちが好きだい？」と尋ねたという話を書いています。この残酷なゲームは、母親がその場にいるときも行われ、祖母にじっと見つめられた孫が、いやいやながら、「お祖母さんです」と答え、客が驚くと、母親は「この子を育てたのはお祖母さんですから」と言い訳をしたとのことです。

カミュはまた、「彼女に長所がない訳ではなかった。しかし、ものごとを白か黒かに分けて考える年齢にあった孫たちにとって、彼女は喜劇役者にすぎなかった」として、親戚が家に来たとき、それまで窓辺でじっとしていた祖母が、急に雑巾を手にとり、家事で忙しくて仕方がないふりをしたことや、都合が悪くなると、持病の肝臓が急に悪くなり気が遠くなるふりをしたことや、わざわざ家族の前でゴミ箱に吐いてみせ、誰かが「もう休んだら?」と言うと、「この家では私が全部しなければ……」、「もし私が死んだら、あんたたちはどうなるんだろう」と恩着せがましく言ったことを書いています。

だから、孫は祖母の病状が本当に悪化したときも、また仮病が始まったとしか思いませんでした。祖母は、カミュが十七歳のときに肝臓病で亡くなりますが、それすら祖母の演技としか思えなかったのです。

祖母の葬儀について、カミュは次のように書いています。

いまにして思えば、孫は事態を何ら理解していなかった。彼はこの女の最後の、そして最も怪物的な演技が、自分の目の前で演じられたという考えから自分を解放することができなかった。自分の胸のうちに悲しみを探してみても、まったく見つからなかった。ただ、葬式の日には、みんながが泣いているので、彼も泣いた。しかし、そのとき、自分は誠実ではない、死を前にして嘘をついているという不安を感じていた。

カミュは、まわりのみんなが泣いているので、悲しくもないのに泣いてしまった――祖母を嘘つきで喜劇役者だと軽蔑していた孫が、皮肉にも、その祖母の葬式の日、周囲に影響され、嘘つきとなり、喜劇役者となってしまったのです。

では、周囲に影響されず、嘘や演技を拒否し、極限まで誠実であり続ける人間がいたらどうなるか――その思考実験が『異邦人』なのではないでしょうか。ムルソーは、若き日の作者が守りきれなかった真実を、命を賭して守る人物なのです。先に引用した「アメリカ大学版への序文」の中で、カミュは、ムルソーを「英雄的な態度はとらないが、真実のために死ぬことを受け入れる人間」、「われわれにふさわしい唯一のキリスト」と評していますが、それもむべなるかなと言うべきでしょう。

愛想のいい男

以上のことは、『異邦人』に関する定説というか、公式見解のようなもので、正直に言ってしまえば、特に目新しい話ではありません。ただ、ムルソーは決して因襲を否定したり、社会に敢然と挑戦したりするタイプの人間ではないということは付け加えておきたいと思います。『カミュ『よそもの』きみの友だち』で、野崎歓も書いているように、ムルソーは世の中のしきたりや作法を知らない訳ではありませんし、できればそれに従いたいとも思っています。しかし、それができないのです。野崎は、それをムルソーの「正直さ」、「正確さへのこだわり」と説明していますが、むしろただ不器用なだけではないでしょうか。

ムルソーは、決して無愛想でも、人間嫌いでもありません。むしろ、他人に対していつも親切であり、できるだけ相手の立場に立って考える傾向があります。カミュは『手帖』に、「『異邦人』に関する批評——冷淡と、彼らは言う。しかし、この言い方は間違っている。愛想のよさという方がいいだろう」と書いていますが、たしかにその通りで、ムルソーは養老院の門衛の身の上話をすすんで聞き、門衛の妻が夫のおしゃべりを咎めたときには、間にはいって、門衛の話は「正当だし面白い」と弁護しています。また、同僚のエマニュエルと映画に行くときには、「スクリーンの上で何が起こっているかよくわからない」エマニュエルのために映画のあらすじを説明してやったり、同じアパートに住んでいるサラマノ老人の身の上話を聞いてやったり、犬がいなくなったときは慰めてやったりしています。彼がなぜレエモンの怪しげな計画に手を貸すのかについては、さまざまな解釈が可能ですが、ムルソー自身は、「僕はレエモンを満足させることに専念した。そうしない理由はどこにもなかったからだ」と述べています。

彼の愛想のよさは、決して打算によるものではありません。ムルソーが自分に有利な証言をしようとしないことに怒って立ち去ろうとする弁護士に対して、彼は「僕はできることなら彼を引き止めて、彼の共感をえたいと思っていること、それもよりよく弁護してもらうためではなく、言うなれば自然にそう思っていることを説明したいと思った」と言っています。彼の愛想のよさは、「改悛の情を示さない」として、彼を激しく非難する検事にさえ及び、「できることなら、僕は何かを本当に後悔したことは一度もないということを、ねんごろに、ほとんど愛情を込めて、彼に説明してみたかった」と述べています。

不器用な男

しかし、同時に、ムルソーは、ひと見知りをするというのでしょうか、非常にシャイな人間で、ひと付き合いが下手であり、初対面の相手と話すときは、どぎまぎしてしまうところがあります。だから、養老院へ向かうバスの中で、「遠くから来たのか」と尋ねる兵士に対して、「それ以上、話さなくてもいいように」、「ええ」とだけ答えます。また、養老院の院長と握手したときも、相手があまりに長い間手を握ったままでいるので、いつどうやって手を引っ込めたらいいかわからず困っています。

ムルソーは、他人を前にすると気後れしてしまい、自己主張ができないばかりか、状況に応じた対応ができないことが少なくありません。彼は、葬式に出席するため休暇願いを出すとき、支配人が不満そうな顔をしているのを見て、つい「僕のせいじゃないんです」と、言わずもがなのことを言ってしまいます。常識的に考えれば、母親の葬儀に出席するため会社を休むのは当たり前のことであり、言い訳など必要ありません。不満そうな顔をする支配人の方がどうかしています。ムルソー自身、そのことはよくわかっています。また、ムルソーは出世など望んでいませんから、支配人の機嫌をとる必要はありません。それなのにムルソーは、支配人の気持ちを慮り、言い訳がましいことを言ってしまうのです。

養老院の門衛に母親の死顔を見るかと尋ねられ、「いいえ」と答えたときも同じです。すでに述べたように、彼が死顔を見ないと言ったのは、門衛に棺のネジを抜き、またしめ直す手間をかけさせないためであると考えることができますが、そのような配慮はまったく状況にふさわしくないものであり、予想外の答えに門衛は驚いて「ごらんにならないんですか」と問い返します。

支配人に対しても、門衛に対しても、ムルソーはすぐに「そんなことは言うべきではなかった」と後悔するのですが、時すでに遅し――彼の配慮は裏目に出て、結果として、常識はずれなことを言ったことになるのです。

ムルソーは、社会的な儀礼を知らないわけでも、無視しているわけでもありません。むしろ、できるかぎりその場にふさわしい言動をとろうとしているのですが、あまりに不器用であるために、失敗ばかりしているのです。彼は場の空気を読めない／読まない人間ではなく、読みすぎるくらい読んでしまう人間であり、読みすぎるがゆえに失敗してしまう人間であると言うべきでしょう。

しかし、物語の最後で、聴聞に来た司祭に、彼は「僕は正しかったし、いまも正しく、いつも正しい」と叫びます。彼は社会が要求する演技を演じそこねた大根役者かもしれません。しかし、それでよかったのです。彼は自らの言動のすべてを引き受け、その正当性を主張します。当初は単なる失敗でしかなかったものが、物語の最後で正当化されるということは、強調してしかるべきであると思います。

精神分析的解釈――「喪の仕事」の失敗

もうひとつ指摘しておきたいのは、「アメリカ大学版への序文」は、カミュが『異邦人』にどのような倫理的メッセージを込めようとしたかについて語ったテクストであり、ムルソーはなぜ泣かないのかという問題には、間接的にしか答えていないということです。このテクストは、われわれが最初に挙げた暗黙の了解――「ひとは誰でも母親を愛するものだ」、「愛する者が死ねば悲しいはずだ」、「悲しみは必ず外面にあらわれるはずだ」――の最後の了解に対して、「悲しくなくても悲しいふりをすることはいくらでもある」、「悲しみが外面にあらわれていないからといって、悲しんでいないとはかぎらない」ということを言っているにすぎないのです。ムルソーが母親を愛しているかどうか、母親の死を悲しんでいるかどうかを知るためには、別のアプローチが必要でしょうし、それには精神分析が貴重な道具となるでしょう。

アルミンダ・A・ド・ピション＝リヴィエールとウィリー・バランジェの「喪の抑圧と妄想型統合失調症の機制と苦悩の強化――カミュの『異邦人』に関する覚え書き」は、一九五九年に精神分析の専門誌に発表された論文であり、このジャンルの古典と言えるものですが、今日においてもその斬新さは失われていないように思えます。この論文の中で、ふたりの著者は、ムルソーの奇矯な態度を「喪の仕事」の失敗という概念で説明しています。

「喪の仕事」とは、フロイトの用語で、愛する者を失った人間が、亡くなった対象と運命をともにするかどうかの決定を迫られ、死んだ者との絆を断ち切ることを選択し、その絆を別の対象に投げかける心的過程を意味します。われわれは家族や恋人や友人とさまざまな感情の絆で結びついています。愛する者が死ぬと、その絆が断ち切られることになります。残された人間は、宙ぶらりんになった絆の糸を回収し、それを他の人やもの、仕事や趣味、場合によってはペットに結びつけ、新しい生活を築かなければなりません。

「喪の仕事」によって、人間は愛する者を失った悲しみから立ち直り、生き続けることができるのですが、当然ながらそれは容易なことではなく、失敗することもあります。そのような場合、愛する者の死の責任が自分にあると思い込み、その死を否認したり、愛する者を死に追いやった病気に自分もかかっていると思い込んだり、死者に取り憑かれているという妄想にとらわれたりといった症状が起こり、最悪の場合、愛する者の後を追う形で自殺するケースも見られます。

「喪の仕事」の失敗、病的な喪について、ピション＝リヴィエールとバランジェは次のように述べています。

> 喪を生きることができない人たちを分析すると、良い対象を救うことも、その対象を確かな形で自分自身の中に改めて据え直すこともできず、そのため対象への愛から遠ざかり、その愛を否定せざるをえなくなっていることがはっきりと観察できる。その結果、感情を表に出さなくなるケースもある。

一般論として書かれていますが、死んだ者への愛を否定することや、感情を表に出さないことは、ムルソーの場合にも当てはまるのではないでしょうか。さらに、ピション＝リヴィエールとバランジェは、「ムルソーは母親の死を生きることができず、否定せざるをえない。母親の死を受け入れることは、母親に抱いている憎悪と愛の感情に立ち向かうことになるからだ」と述べています。ムルソーは母親への愛を否認するだけではなく、母親の死という事実そのものを否認しているというのです。

ジャクリーヌ・レヴィ=ヴァランシは、精神分析とは無縁な研究者ですが、この点について、ほぼ同じ内容のことを言っているように思えます。

死体安置所に入ってからのムルソーの描写は、一切の感情が排除されており、死の現実を否定しようとやっきになり、事物の役割ではなく、外見だけにこだわっているように思われる。彼が語ること、黙していることによって、章全体はすでに死の拒否、さらには死の恐怖をあらわにしている。

ムルソーが、棺を支える台や、門衛のおしゃべりや、通夜に来た老人たちの容貌などの細部を長々と描写するのは、母親の死という現実を見ないためであるということで、「喪の仕事」の失敗という言い方こそしていませんが、死の現実の否認という意味では、ピション=リヴィエールとバランジェの考えとほぼ同じことを言っていると考えていいでしょう。

マリイ、母親の代理(?)

前章で、私は、ムルソーの言動を弁護するようなことを書きましたが、ムルソーが母親の葬儀の翌日に海水浴に出かけ、昔の同僚のマリイ・カルドナと再会し、喜劇映画を見に行き、一夜をともにすることについては触れませんでした。いくら好意的に考えても、この行動は弁護の余地がないように思えるからです。しかし、「喪の仕事」という観点から考えると、ムルソーの一連の行動は、死んだ母親の代理の探求であると解釈することも不可能ではありません。洋の東西を問わず、昔から「母(メール mère)」と「海(メール mer)」は密接に結びついています。また、マリイ(Marie)という名前は、聖母マリアからきていますが、「海」とも「母」とも深く結びついています(聖母マリアには多くの別名がありますが、そのなかのひとつは「海の星」です)。そのように考えれば、「母親」、「海」、「マリア」、「マリイ」という連想から、ムルソーは、無意識のうちに、海で出会ったマリイに死んだ母親の姿を投影していると考えることもできるのです。マリイを心から愛し、ともに生きることができれば、ムルソーは「喪の仕事」に成功したかもしれません。しかし、ムルソーとマリイの関係は、肉体的な結びつきにとどまり、精神的な絆を生むにはいたりません。「私を愛してる?」と尋ねるマリイに対して、二度にわたってムルソーは「愛していない」と答えていますし、投獄され、マリイの体に触れることができなくなると、ムルソーは急速に彼女に対する関心を失っていきます。

最終章で、彼は次のように言います。

本当に久しぶりに、僕はマリイのことを考えた。何日も前から、彼女はもう手紙をくれなくなっていた。その夜、僕はあれこれ考え、彼女はたぶん死刑囚の情婦でいるのがいやになったのだろうと思った。病気なのかもしれないし、死んだのかもしれないとも思った。それは十分にありえることだ。どうして僕にわかるだろう。いまは離ればなれになった二つの体以外に、僕らを結びつけるものは何もなく、互いを思い出させるものは何もないのだから。そうだとすれば、そのときから、僕にとってマリイの思い出はどうでもいいことになるだろう。死んだのなら、もう興味はないのだ。

とりつく島がないというのでしょうか、恋人への思いを語ることばとしては、あまりにも素っ気ない言い方です。ムルソーは、このあと、面会に訪れた聴聞司祭に怒りを爆発させますが、その際には、「マリイが今日、新しいムルソーに唇を与えるとしても、それが何だろう」とも言います。

司祭が出て行き、しばらく眠ったあと、ムルソーは、次のように言います。

本当に久しぶりに、僕はママンのことを考えた。彼女がなぜ人生の終わりに「婚約者」をつくったのか、なぜもう一度やり直すふりをしたのかわかるような気がした。あそこでは、あそこでもまた、いくつもの命が消えていくあの養老院のまわりでは、夕暮れは憂いに満ちた休戦のようなものなのだ。死に近づいて、ママンはあそこで解放されたような気持ちになり、すべてを生き直す気になったのだろう。誰も、誰もママンの死を悲しむ権利はない。そして、僕もまた、すべてを生き直す気持ちになっている。

獄中で、ムルソーは、マリイのことも、母親のことも、「久しぶりに」考えるわけですが、その内容に大きな差があることは明らかでしょう。マリイはいかなる意味でも、母親の代理にはなりえないのです。

ムルソーと母親

では、なぜムルソーは「喪の仕事」に失敗するのでしょう。ムルソーと母親の関係がどのようなものであったかについては、第一部第一章に「家にいた頃、ママンはずっと黙って僕を眼で追っていた。養老院に来たはじめの頃は、よく泣いていた。だがそれは習慣のせいだった。数ヶ月して、もし養老院から引き取ったら、やはり泣いただろう。同じく習慣のせいだ」とあるだけで、ほかには何も書かれていません。

しかし、ピション＝リヴィエールとバランジェは、サラマノ老人とその飼い犬の関係、レエモンとその愛人の関係が、ムルソーと母親の関係を映す鏡の役割を果たしていると言います。そして、サラマノが犬を虐待し、レエモンが愛人を殴るというところから、ムルソーと母親の間にも似たようなサド－マゾ的関係があったのではないかと類推し、だからこそ母親が死んだとき、ムルソーはその死の責任が自分にある、自分が母親を殺したようなものだと感じているのだと述べています。

ピション＝リヴィエールとバランジェの分析は、たしかにきわめて興味深いものがあります。ムルソーは母親の死を悲しむことができないが、サラマノは犬の失踪を悲しみ、泣くことができるとか、ムルソーの母親が養老院で三年過ごしたあと死ぬのに対し、犬は、通常、野犬収容所に三日間収容されたあと処分されるとかいうように、ムルソーとサラマノの間に、ある種の類似や対比があることはたしかでしょう。しかし、だからといって、ムルソーが母親に暴力をふるったり、激しいことばを投げつけたりしたとは、とても思えません。ムルソーはそのようなタイプの人間ではないはずです。ピション＝リヴィエールとバランジェの説を修正・緩和し、ムルソーは母親を愛していたが、同時に憎んでもいた、そのような愛と憎悪の共存、すなわちアンビヴァレンツが、ムルソーの「喪の仕事」を失敗させたとするのが、妥当ではないでしょうか。

後追い自殺

ピション＝リヴィエールとバランジェは、さらに、ムルソーがアラブ人を殺害し、死刑になるのは、間接的な、あるいは象徴的な自殺にほかならないと言います。「喪の仕事」に失敗したムルソーは、母親と運命をともにする、すなわち母親の後を追って自殺するというのです。

その意味では、第二部第二章で、ムルソーが独房のベッドのマットレスと羽目板の間から見つける新聞記事は、非常に興味深いものがあります。少し長くなりますが、その箇所を引用しておきましょう。

それは、最初の方が欠けていたが、チェコスロヴァキアで起こったとおぼしい事件を伝えていた。ある男がひと旗あげるために、チェコの村から出て行った。二十五年後、彼は金持ちになり、妻子を連れて戻ってきた。故郷の村では、彼の母親が彼の妹と一緒に宿屋を営んでいた。彼女たちを驚かせるために、男は妻と子どもを別の宿屋に残し、母親のもとへ行くが、母親は、彼が入ってきても、誰だかわからなかった。彼はふざけて部屋をとることにした。彼は金を見せた。夜の間に、母親と妹は金を奪うため、彼をハンマーで殴り殺し、死体を川に投げ込んだ。朝になると、彼の妻がやってきて、事情を知らぬまま、旅行者の正体をあかした。母親は首を吊った。妹は井戸に身投げした。僕はこの話を何千回も読んだにちがいない。一方において、それはありそうにもないことだった。しかし、もう一方においては、自然なことだった。いずれにせよ、旅行者は自業自得であり、決して芝居をすべきではないと、僕は思った。

小説の中では、チェコスロヴァキアで起こったことになっていますが、この逸話はユーゴスラビアで実際に起こった事件に基づいており、カミュが読んだと思われる新聞記事も特定されています。カミュはこの事件によほど惹かれたとみえて、ほぼ同じ内容の戯曲『誤解』を、『異邦人』出版の二年後の一九四四年に発表し、パリのマチュラン座で上演させています。

ムルソーが事件について、「旅行者は自業自得であり、決して芝居をすべきではない」という感想を漏らしているところから、この箇所は、「嘘」＝「演技」の拒否をあらわすものととらえられることが多いようですが、息子を息子と見分けられず殺してしまった母親が、息子の後を追って首を吊るという後追い自殺の物語と考えることもできるでしょう。

「劇中劇」ならぬ「小説中小説」とでも言うべき新聞記事の中では、息子が先に死に、母親が後を追います。一方、メインストーリーでは、冒頭で母親が死に、最後に息子が後を追うことになります。順序は逆ですが、二つの物語は、まるで合わせ鏡のように、息子と母親の擬似的な後追い心中を描いていると考えることができるのではないでしょうか。

コラム2　カミュと演劇

カミュと演劇とのかかわりは、一九三五年に劇団「労働座」を結成したことに始まります。翌一九三六年から一年間、ラジオ・アルジェの劇団に俳優として所属した彼は、一九三七年に「労働座」を解散し、「仲間座」を結成します。やがて、彼は『誤解』（一九四四）、『カリギュラ』（一九四五）、『戒厳令』（一九四八）、『正義の人々』（一九四九）という四本の戯曲を執筆し、ジェラール・フィリップ、マリア・カザレス、ピエール・ブラッスール、ジャン＝ルイ・バローといった一流の演劇人と一緒に仕事をすることになります。彼は、さらに、カルデロンの『十字架への献身』（一九五三）、ラリヴェイの『精霊たち』（一九五三）、ディーノ・ブッツァーティの『ある臨床例』（一九五五）、フォークナーの『尼僧への鎮魂歌』（一九五六）、ロペ・デ・ベガの『オルメドの騎士』（一九五七）、ドストエフスキーの『悪霊』（一九五九）を翻案して上演しています。

カミュは一九五九年五月に放送されたテレビ番組「グロプラン」の中で、「なぜ私は演劇をするのか。〔……〕舞台は私が幸福である場所のひとつだからだ」、「私が知っているわずかなモラルは、サッカーの競技場と芝居の舞台で学んだものだ。この二つはこれからも私にとって真の大学であり続けるだろう」と言っています。カミュは劇作家であるだけでなく、演出家であり、役者であり、生涯を通じて演劇人であったと言えるでしょう。

カミュと母親の奇妙な関係

ピション＝リヴィエールとバランジェの精神分析的解釈は、いささか突飛に感じられる部分もあるかもしれませんが、全体としては非常に説得力があるように思えます。ただ、そこには、おのずから限界もあります。彼らの方針は、ムルソーを実在の人間であるかのように扱うことであり、作者カミュは一切考慮に入っていないからです。作者と作中人物を安易に同一視することは、無論、避けなければなりませんが、ムルソーと母親の関係を考えるには、カミュと母親との奇妙な関係に目を向ける必要があるように思います。

カミュの母親カトリーヌ・カミュ（旧姓サンテス）は、一八八二年、スペイン系移民の家庭に生まれました。一九〇九年、三歳年下のリュシアン・オーギュスト・カミュと結婚した彼女は、翌年、長男リュシアンを出産し、一九一三年、三十一歳のときに、ワイン輸出会社に勤める夫が派遣されていたアルジェリア東部の村モンドヴィ近くの農場で次男アルベールを出産します。そして、翌一九一四年に勃発した第一次大戦に夫が出征したのち、ふたりの息子を連れて、アルジェのベルクールに住む母のもとに身を寄せたのは、すでに述べた通りです。

カトリーヌは、耳に障害があり、いつも無口で、なにごとにも無関心な人物でした。彼女はまた、文字が読めませんでした。就学率が高くなかった時代のことですから、そのこと自体は珍しいことではないでしょうが、作家の母親が文字が読めないというのはどういうものなのか、少し足を止めて考えてみる必要があるかもしれません。息子は、作家としてどれほど有名になっても、母親に作品を読んでもらうことができないのです。カミュは遺作となった未完の自伝的小説『最初の人間』に献辞として「未亡人カミュ――決してこの本を読むことのないあなたに」と書いていますが、そこには、自らが心血を注いだ作品を母親に読んでもらえないカミュの悲しみと、それでも自分のしてきたことを母親に認めてもらいたいという願いがあらわれているように思えます。

『異邦人』執筆以前に、カミュは『貧民街の声』、『ルイ・ランジャール』、『裏と表』などの自伝的作品の中で、無口で、なにごとにも無関心な母親、息子を一度も愛撫したことがないばかりか、やさしいことばひとつかけたことのない母親を繰り返し描いています。

先に引用したエセー集『貧民街の声』で、カミュは母親について、次のように書いています。

彼にはかつて母親がいた。ときに彼女に「何を考えているの？」と尋ねることがあった。すると、彼女は「何も」と答えるのだった。

「何を考えているの?」と尋ねたのが誰か、はっきりとは書かれていません。息子が尋ねたのでしょうか。それとも息子は誰かが尋ねたのをそばで聞いていたのでしょうか。カミュはそのあたりのことをわざとぼかして書いているように思えます。たしかなのは、母親が何を考えているかを息子が知りたがっていること、そしてその欲望は決して満たされることがないということです。

新婚夫婦や恋人の間で、相手が黙っているとき、「何を考えているの?」と尋ねることは珍しいことではないように思います。おそらく、「君のことだよ」、「あなたのことよ」という返事を期待しているのでしょう。夫婦や恋人と親子は違うと言えばそれまでですが、カミュは母親の口からそのような愛のことばを聞きたかったのではないでしょうか。

いや、さらに言えば、実は、返事そのものは何でもいいのです。「今晩のおかずを何にしようかと考えていた」とか、「洗濯物をいつ取り込もうかと考えていた」とかであってもかまわないのです。そういう答えならば、「僕は○○が食べたいな」とか、「僕が取り込んでこようか」とか、そこから会話を続けることができるはずですから。

しかし、「何も」という素っ気ない答えは、あとに続くべき会話をすべて封じ込めてしまい、息子はそれ以上、母親に話しかけることも、母親からことばを引き出すこともできなくなってしまいます。黙して語らぬ無関心な母親と、その母親が何を考えているか、自分を愛してくれているかどうかを知りたいと願いながら、何も言えない息子が、カミュ的世界の精神的風土をつくりあげていると言っていいでしょう。

そのような苦しみから逃れるためでしょう、カミュはすぐさま母親の答えを正当化してみせます。

そしてそれはまさしく本当だ。一切がそこにある。だから何もないのだ。彼女の人生も、彼女の利害も、彼女の子どもたちも、あまりに自然すぎて感じることができないような形で、ただそこにあるというにとどまっているのだ。

母親の無関心は、目の前にあるすべてのものを分けへだてなく受け入れる叡智のあらわれである――「無関心（indifférence）」という語を分解すれば、「非＝差異（in-différence）」と読むことができます――と言いたげですし、実際そのように解釈する批評家・研究者も少なくないのですが、それはあくまで息子の側の一方的な解釈であり、希望的観測にすぎないのではないでしょうか。

それだけでは足りないかのように、カミュは「彼女は不具で、ものを考えることがなかなかできなかった。彼女には気性が荒く支配的な母親がいた。その母親は敏感な獣のような自尊心のために一切を犠牲にし、長い間、娘の薄弱な精神を支配していた」と続けています。母親が息子に無関心なのは、息子を愛していないからではなく、肉体的な障害のせいであり、気の強い祖母に支配されているからだという訳です。

ここで言う「不具」とは、おそらく難聴のことを指しているのでしょうが、実の母親に対して使うには、かなりきつい言い方のように思えますし、実際にはカミュの母親は唇を読むことができたので、日常生活にそれほど差し障りはなかったという話もあります。カミュは自分の母親の沈黙と無関心を合理的に説明するために、母親の障害をことさらに強調したのではないでしょうか。息子に関心を示さない母親をもつよりも、肉体的に障害をもった母親をもつ方がはるかにましだという訳です。そう考えるならば、祖母について、カミュが敵意を剝き出しにして書いているのも、母親の責任を軽減するために、実際以上に祖母を悪者に仕立てあげていると考えるべきなのかもしれません。

しかし、いかに正当化してみようと、息子の苦しみを隠し切ることはできません。「子どものひとりは、〔母親の〕このような態度に苦しんでいたが、母親はそこにおそらく唯一の幸せを見出しているのだ」という『貧民街の声』の一節は、母親がつらい現実から逃れるため、息子を見捨てて、ひとり沈黙と無関心の殻に閉じこもっていると言わんばかりで、息子の怨恨のようなものさえ感じさせます。

このエセーは、大幅に加筆し訂正を加えたうえで、『裏と表』の「諾と否の間」に再録されることになりますが、その際、いま挙げた一節は削除されることになります。カミュは、息子の苦しみや怨恨を否認し、なかったことにすることによって、母親の沈黙と無関心を弁護しようとしているのではないでしょうか。

とはいえ、「何を考えているの？」――「何も」というやりとりが、カミュの心に大きな傷を残したことは、『シーシュポスの神話』の次の一節からも読み取れるように思えます。

ある状況において、何を考えているか尋ねられて、「何も」と答えることは、男性の場合、演技であることがある。恋人たちはそのことをよく知っている。しかし、もしこの答えが本心からのものであるならば、空虚が雄弁となり、日常の行為の連鎖が断ち切られ、心がそれを繕う環をむなしく探し求めるというあの奇妙な精神状態をあらわしているのならば、それは不条理の最初の兆候のようなものである。

『シーシュポスの神話』は、カミュの少年期の思い出とはまったく関係がない思想書です。カミュはここで、「不条理の感情」がどのようにして生じるかを説明しているのですが、その例のひとつとして、「何を考えているの？」――「何も」というやりとりが挙がっているのは、一体どういうことでしょうか。

不条理とは、すべてを理解したいと願う人間と、なにひとつ説明しない不合理な世界の対峙であると言いましたが、そのような人間と世界の関係の根底には、母親が何を考えているか知りたいと願う息子と、息子になにひとつ語ろうとしない母親というきわめて個人的な経験があるように思えます。言い換えれば、『シーシュポスの神話』は、カミュが少年期に受けた心の傷を極端なまでに抽象化し、すべての人間に共通の普遍的な苦悩へと昇華させたものと言えるのです。

カミュの結核体験

以上見てきたように、カミュの初期の自伝的作品には、母親の沈黙と無関心をどう描くかという試行錯誤、さらには母親の沈黙と無関心を作品化することによって乗り越えようとする戦いの軌跡が読み取れるように思います。したがって、そこには、正反対の方向を向いた二つのベクトルが見られます。ひとつは、母親の現実、その沈黙や無関心をありのままに伝えようとするベクトル、もうひとつは、母親の沈黙や無関心を正当化しようとするベクトルです。

このことは、次のように解釈できるでしょう——カミュは母親の沈黙や無関心に深く傷ついていた。そのような心の傷、トラウマから自らを解放するには、それについて語ることが必要であった。しかし、ありのままを語ってしまうと、「良い母親」像を維持できなくなってしまう。

だから、母親の現実を描きつつ、同時にそれを正当化するという離れ業が必要であったということです。

この点で、特に注目したいのは、カミュが自らの病気について語った『ルイ・ランジャール』の一節です。カミュは、十七歳のとき、結核にかかり、喀血しました。現在では結核は死にいたる病ではなくなっていますが、ストレプトマイシンというような特効薬のないこの時代、一家が貧しいこともあって、家族も本人も、もう助からないものと諦めていたようです。

カミュは一九三九年に出版したエセー集『結婚』の「ジェミラの風」の中で、「死とのつらい差し向かい。太陽を愛する動物の肉体的な恐怖」に思いを馳せ、「ある日、横になって、誰かがこう言うのを耳にするだろう。〈あなたは強いし、私はあなたに誠実でなければならない。だから、私はあなたがもうじき死ぬと言えるのだ。〉そのとき、ひとは、全生命を両手に握りしめ、臓腑にあらゆる恐怖を詰め込み、呆けたようなまなざしで、ただそこにいるだけだろう」と述べていますが、ここに書かれていることばは、カミュが実際に医者から言われたものであるということです。

カミュは、幸運にも死を免れますが、結核は彼に死の意識を植え付けただけでなく、さまざまな形で彼の人生に影響を与えることになります。カミュはいまで言うサッカー少年で、ゴールキーパーとしてアルジェのチームで活躍しており、彼の活躍を報じた新聞記事がいまでも残ってい

ゴールキーパーとして活躍するカミュ（1930年頃）。中央で肩にタオルをかけて座っている。

るほどです。順調にいけば、プロになれたかもしれません。貧しい少年にとって、それは大きな夢であったはずですが、結核はその道を閉ざしてしまいました。

また、カミュは大学卒業後、大学教授資格試験（アグレガシヨン）を受験しようとしますが、健康上の理由で拒否されてしまいます。さらに、第二次大戦が勃発した際には、自ら銃をとって闘おうと、軍隊に志願しますが、こちらも健康上の理由で落とされることになります。一九四二年、結核が再発したカミュは、フランス中部の山岳地帯の村ル・パヌリエで療養生活を送りますが、二番目の妻フランシーヌが一時的にアルジェリアに戻ったちょうどそのとき、連合軍のアルジェリア上陸作戦が始まり、パリ解放後まで妻と会えなくなってしまいます。二年にわたる妻との別離が、一九四七年に発表された小説『ペスト』の重要なモチーフになっているというのは、有名な話ですが、こじつければ、これもまた結核のせいだと言えるかもしれません。

結核はまた、母親が住むベルクールのアパートとの別れも意味しました。カミュの家は貧しく、十分に療養できないため、彼は、肉屋を営んでおり、結核の療養によいとされる赤身の肉をふんだんに食べさせることができる叔父ギュスターヴ・アコーの家に寄宿することになるのです。その後、アルジェ大学に進学し、最初の妻シモーヌと結婚したカミュは、二度と実家に住むことはありませんでした。その意味で、結核は、カミュにとって、少年期の終わりを意味したと言えるでしょう。

母親の「驚くべき無関心」

以上見てきたように、結核は、カミュにとって、その後の人生を決定づけるような重大な経験であるはずです。ところが、どういう訳か、彼は自らの作品の中で、結核についてほとんど触れていません。『貧民街の声』と『裏と表』の間の時期、一九三四年から一九三六年にかけて書かれた自伝的小説の草稿『ルイ・ランジャール』は、カミュが自らの病気と、その際の母親の態度について語った唯一のテクストであり、ルイという人物を主人公にした小説という形をとってはいますが、かなり正確にカミュの体験をあらわすものと考えられます。

ルイに理解できないことがもうひとつあった。それは息子を襲ったかなり重い病気の際の母親の奇妙な態度だった。最初の症状、大量の喀血の際、彼女はほとんど怯えなかった。心配そうな顔はしたが、それとて、ふつうの感性をもった人間が身内のひとりを苦しめる頭痛に寄せる程度の心配でしかなかった。［……］彼女が泣いているのを見たと、ルイは聞かされていた。しかし、その涙さえ、彼には半信半疑に思えるのだった。彼女とて、病気の深刻さを知らないではなかった。しかし、彼女は驚くべき無関心を押し通していたのである。

息子が病気になり、死にかけているのに悲しまない母親――この一節には、「悪い母親」のイメージと、母親に対する息子の怨恨が、かなり明確な形で読み取れるように思います。カミュの心の中には、息子が死んでも泣かない母親のイメージが刻み込まれたのではないでしょうか。

こうしたイメージは、無論、息子にとって受け入れがたいものです。先に紹介した『貧民街の声』の場合と同じく、カミュはすぐさま母親の正当化にかかります。

よく考えてみると、もっと驚くべきは、息子が一度もそのことで母親を非難しようと思わなかったという事実である。暗黙の理解が彼らを結びつけていた。彼自身、母親の病気の際、ありきたりの心配しかしなかった覚えがあった。

母親が病気になったとき、息子は心配しなかった。だから、息子が病気になったとき、母親が心配しなくともおあいこだと言いたいのでしょうが、母親がどんな病気にかかったにせよ、命にかかわるような病気ではないでしょうから、いかにも苦しい言い訳のように思えます。

カミュはこのあともことばを続けて、次のように書いています。

彼は母親が死ぬことを一度も恐れたことがなかった。彼はそんなふうに自分の無関心を説明していた。そして、母親のまなざしの中に同じ確信を読み取っていたと言うべきであろう。彼女は無意識のうちに共通の不死性の概念を自分の中にもっていたのである。

相手が死ぬとは思っていなかったから、心配することも、泣くこともなかったということですが、ここには奇妙な逆転現象が見られます。無関心なのは母親であるはずなのに、息子が母親に対して無関心であることになっているのです。カミュは母親の属性である無関心を自分の中に取り込み、自分が無関心である以上、母親が無関心であるのは当然だ、母親は少しも悪くないとして、母親の無関心を正当化しようとしているように思えます。

親に虐待を受けている子どもは、親は悪くない、悪いのは自分だと言い張ることがよくあるそうです。それになぞらえるのは穏当ではないかもしれませんが、カミュは自分が悪者になってみせることによって、母親を弁護しようとしているように思えます。

随分と回り道をしましたが、『異邦人』は、カミュが『ルイ・ランジャール』で試みたことを、フィクションの次元で、もっと大規模に行うために書かれたものではないかと、私は言いたいのです。『ルイ・ランジャール』では――というより、カミュの実人生では――息子が死にかけても、母親は悲しみませんでした。一方、『異邦人』では、母親が死んでも、息子は悲しみません。立場は入れ替わっていますが、状況は同じであることがおわかりでしょう。

なにごとにも、母親の死にさえも無関心なムルソーに、われわれ読者は衝撃を受けます。しかし、その衝撃は、カミュが息子に無関心な母親を前にして感じた衝撃の置き換えにすぎないのではないでしょうか。カミュはゼロからムルソーの無関心をつくりあげた訳ではありません。それは、カミュ自身の母親の無関心の反映にほかならないのです。

そのように考えると、次のようなアナロジーが成り立ちます。母親の死を悲しまないムルソーが、検事の言うように「精神的に母親を殺した」罪で有罪であるならば、息子が結核にかかった際に泣かなかったカミュの母親もまた有罪だということになります。逆に、ムルソーがことばや態度には一度もあらわさぬものの、沈黙の愛で母親を愛していたならば、カミュの母親もまた息子を愛していたことになります。

母親が死んでも泣かない男の物語を書き、その男が実は母親を愛していたことを明らかにすることによって、カミュは自分が母親に愛されていたことを証明しようとした——なによりもそれを自分に納得させようとした——のではないでしょうか。カミュは『異邦人』を書くことで、自分の中にある母親のイメージ——内なる母親——と和解しようとしていたように思えます。

CHAPITRE 3

ムルソーはなぜ
アラブ人を殺害するのか

Le président a répondu (...) qu'il serait heureux, avant d'entendre mon avocat, de me faire préciser les motifs qui avaient inspiré mon acte. J'ai dit rapidement, en mêlant un peu les mots et en me rendant compte de mon ridicule, que c'était à cause du soleil. Il y a eu des rires dans la salle.

裁判長は、［……］弁護士の弁論を聞く前に、僕に殺人を犯した動機を明らかにしてもらいたいと答えた。僕は、早口に、少しことばをもつれさせ、自分の滑稽さを意識しながら、太陽のせいだと言った。廷内に笑いが起きた。

（『異邦人』第二部第四章）

殺人にいたる経緯

第一部の終わりで、「不幸の扉をたたく四つの短い音」とともに、不条理以前のまどろみ、社会との対峙を知らぬ無意識的な日常は終わりをつげます。浜辺でアラブ人を射殺したムルソーは、彼を告発し断罪する法廷と対峙しなければならないのです。以下では、物語の展開に沿って、殺人にいたる経緯を見てみましょう。

母親の葬式から二週間あまりたった日曜日、ムルソーは、レエモンに誘われて、マリイと一緒に、レエモンの友人マソン夫妻のもつ浜辺の別荘へ遊びに行きます。その日、ムルソーは、体調がすぐれないようで、朝、なかなか目がさめず、マリイに揺り起こしてもらわねばならなかったり、「力の抜けたような気分で、少し頭が痛かった」り、「煙草を吸っても苦い味しかしなかった」りします。

そんなムルソーを見て、マリイは「さえない顔（une tête d'enterrement）」をしていると言います。これは直訳すれば、「葬式へ行くときのような顔」という意味ですから、つい二週間前に母親を亡くしたムルソーに言うべきことばではないようにも思えますが、この章の終わりでムルソーがアラブ人を殺害する直前に「ママンを埋葬した日と同じ太陽だった」と述べることを考えれば、母親の死とアラブ人殺害という一見何のかかわりもない二つの死が、さまざまなレベルで微妙に呼応していることがわかるのではないかと思います。『異邦人』という小説は、母親の死、アラブ人の死、ムルソーの死という三つの死を、最初と中央と最後とに配置した非常にシンメトリカルな構造の小説なのです。

鎧戸を閉めた部屋から通りに出たムルソーが、まぶしい太陽の光を受けて、まるで平手打ちを受けたように感じる箇所は、ムルソーの光や熱に対する過敏さや脆弱さを示すと同時に、彼が太陽に押しつぶされ、引き金を引く殺人の場面を予告しているようにも思えます。とはいえ、この段階では、太陽はまだムルソーを圧倒し支配する力はもっておらず、浜辺に着いたムルソーは、すっかり気分がよくなり、マリイと泳いだり、ふざけたりして、太陽の与える心地よさを満喫しています。

アラブ人との出会い

ムルソーはこの日、バス停に行く途中に一度、浜辺で三度、合わせて四度、アラブ人と出会うことになります。最初の出会いでは、ムルソー、マリイ、レエモンがアパートを出ると、アラブ人の一団が煙草屋の店先にもたれているというだけで、ほとんど何も起こりません。アラブ人はレエモンを待ち伏せしていたのかもしれませんが、ムルソーやマリイが一緒だからか、町なかで騒ぎを起こしたくないからか、もともと脅しをかけるだけで、ことを荒立てるつもりはなかったのか、「無関心な態度で」ムルソーたちを見ているだけです。

二度目の出会いは、昼食後、レエモン、ムルソー、マソンの三人が浜辺へ降りたときのことです。バス停で出会ったときアラブ人が何人いたのかは書かれていません。レエモンが「左から二番目が問題の男だ」と言うところをみれば、四、五人いたのではないかと思えますが、いつの間にか人数が減り、浜辺ではわずかふたりになっています。ムルソーは、彼らは自分たちが防水袋をさげてバスに乗るところを見て、行き先の見当をつけてやってきたのだろうと考えますが、もしレエモンを襲うつもりで来たのなら、なぜたったふたりで来たのでしょう。マソンの存在を知るよしもない彼らは、二対二でタイマンをはろうと考えたのでしょうか。

喧嘩のとき、ひとりの相手にふたりでかかっていってはならないということは、アルジェの若者たちにとって絶対の不文律であり、「この基本的な掟を守らぬ者」は「男じゃない」と言われ仲間から排斥されると、カミュはエセー集『結婚』の「アルジェの夏」の中に書いています。アルジェの庶民階級の男性性崇拝というか、マッチョぶりをよくあらわしている話だと思いますが、レエモンも、この喧嘩の掟には忠実とみえて、「俺は例の奴を引き受けるから、マソンはふたり目をやってくれ、ムルソーには、もうひとり別のがあらわれたら、そいつを頼む」と指示を出しています。

喧嘩はレエモンに有利に進みます。彼は相手の男を殴りつけ、顔を血まみれにします。勝ち誇ったレエモンがムルソーの方を振り向いて「見てろよ」と言った瞬間、到底勝ち目がないと思ったアラブ人は懐からナイフを取り出し、レエモンの口と腕に斬りつけ、逃げていきます。

一旦、マソンの別荘に戻ったあと、近くに週末を過ごしに来ている医者のところへ行き、傷の手当てを終えたレエモンは、アラブ人たちに復讐するつもりなのか、それともふがいない自分に腹を立て、仲間たちと一緒にいたくないのか、ひとりで浜へ降りると言い出します。心配したムルソーはレエモンについて行きます。

彼らは浜のはずれの小さな泉のところでふたりのアラブ人と再び出会います。ポケットのピストルに手を伸ばし、すぐにでも撃とうとするレエモンをなだめるため、ムルソーは喧嘩の掟を持ち出します。曰く――「向こうはまだ何も言っていない。このまま撃つのは卑怯だ」、「向こうがナイフを抜かないのに、撃つわけにはいかない」、「男同士、素手でやるんだ。ピストルをよこせ。もうひとりが加わったり、あいつがナイフを抜いたりしたら、俺が撃ってやる」。無論、ムルソーが本気でアラブ人を撃つつもりだったとは思えません。彼はただ、レエモンが怒りに駆られて、とりかえしのつかないことをしてしまうのを防ぐために、そう言っただけでしょう。だが、その善意が仇となり、彼は殺人に一歩近づくことになるのです。

カミュの伝記『アルベール・カミュ〈ある一生〉』の著者オリヴィエ・トッドは、レエモンとアラブ人の喧嘩の場面は、かなりの部分、カミュが友人のピエール・ガランドーから聞いた話に基づいていると述べています（なお、シモーヌ・ド・ボーヴォワールは、カミュが一九四四年の大晦日のパーティで、ある男を指し、「あれがムルソーのモデルだ」と言ったと書いていますが、それはピエール・ガランドーだったそうです）。

トッドによると、当時のアルジェでは、ヨーロッパ人とアラブ人はまったく別の社会に属しており、同じ場所で泳ぐことは稀だったそうですが、ある日曜日にピエール・ガランドーがアルジェ近郊のブイスヴィルの浜辺へ遊びに出かけた際、仲間のラウル・バンスサンとその兄弟のルルが、肩が触れただの何だのという些細なことで、ふたりのアラブ人と喧嘩になったそうです。

ガランドーがカミュに語った物語のうち、ラウルが最初優勢で、アラブ人を打ちのめしたこと、アラブ人がナイフを取り出しラウルに傷を負わせたこと、ラウルが小屋から持ち出したピストルをピエール・ガランドーがことば巧みにとりあげたこと、ラウルとピエールがふたりのアラブ人に浜辺の岩陰で再会したこと、アラブ人のひとりがライタと呼ばれる笛を吹いていたこと、アラブ人はふたりを見て逃げ出したことなどは、小説にほとんどそのまま使われています。

ガランドーの物語では、ふたりのアラブ人は、その日のうちに警官に逮捕され、手錠をかけられて連行されることになりますが、ラウルが訴えなかったために、傷害事件ではなく、公共の場所での迷惑行為というだけで大した罪にはならずに終わります。ガランドーがピストルを使わずにすんだことは言うまでもありません。

ラウルやガランドーの場合と同じく、レエモンとムルソーの姿に気づいたアラブ人は、後ずさりして、岩陰に逃げ込みます。レエモンはそれで気がすんだのか、来た道を戻り、帰りのバスの話をしはじめます。ここで終われば、アラブ人との喧嘩は、単なる日常のひとこまですんでいたことでしょう。しかし、ムルソーは「木の階段を上り、また女たちのそばへ帰って行く努力」がいやで、再び浜へ歩き出します。それに続くアラブ人との四度目の、そして最後の出会いは、ガランドーの物語にはなく、純然たるカミュの創作です。

太陽

アラブ人殺害の場面では、太陽に関する表現が急増し、ムルソーの言語運用能力を超えていると思われるような高度に文学的な比喩表現や擬人的表現が頻出します。太陽の光は「空から降ってくるきらめく雨」に、砂浜の照り返しは「光の剣」に喩えられ、海は擬人化され「無数のさざなみに息づまり、せわしい息遣いであえいで」います。暑さは、あたかも意志をもっているかのように、ムルソーに「のしかかり」、「歩みをはばみ」ます。

太陽は敵であり、ムルソーは「太陽と、太陽が浴びせかける不透明な酔いに打ち勝つため」、歯をくいしばり、拳を握りしめます。岩陰の泉は、水の「ささやき」でムルソーを惹きつけます。波の音は「ものうげ」であり、アラブ人の姿は「燃えあがる大気の中で踊り」、昼は「沸き立つ金属のような海の中に碇を投げ込んだ」船と化します。「太陽の光に打ち震える砂浜」がムルソーの「うしろに迫り」、太陽から逃れようとして、ムルソーは一歩、泉に近づきます。

アラブ人が抜いたナイフに反射する太陽の光は、「きらめく長い刀」、「ほとばしる刃」、「焼けつくような剣」と三度にわたって刃物に喩えられます。眉毛にたまった汗が一挙に流れ落ち、瞼を「なまぬるく厚いヴェール」でつつみ、「涙と塩のとばり」がムルソーの眼を覆います。圧倒的な力でムルソーに襲いかかる自然の脅威は、太陽が「シンバル」を打ち鳴らし、「空が裂け、火の雨が降る」という世界の終わりを思わせる箇所で頂点に達します。

いや、終わりと言うより、むしろ、終わりの始まりと言うべきかもしれません。ムルソーが放つ銃弾の音――「乾いた、それでいて、耳を聾する轟音」――とともに、「すべてが始まった」のですから。ムルソーはさらに四発発砲し、「それはまるで不幸の扉をたたく四つの短い音のようだった」という一文で『異邦人』第一部は幕を閉じます。

カミュは『手帖』の中で、『異邦人』について「これは慎重に計画された本であり、その語り口は意識的なものだ。たしかに四、五回の高まりはある。しかし、それは単調さを避けるためであり、構成に変化をもたせるためのものだ」と書いていますが、実際、殺人の場面は、修辞的表現に満ち、それまでの単調かつ平坦な語りと一線を画しており、「太陽による殺人」という不可能な設定を可能にする詩的な力に溢れているように思えます。

ロラン・バルトは『異邦人』を「太陽の小説」と評し、太陽とは死の象徴であり、死にまつわる三つのエピソード（母親の葬式、アラブ人殺害、裁判）にはすべて太陽が描かれていると指摘しています。バルトはさらに、母親の葬儀の日の太陽が、物質をドロドロに溶かす粘着性の太陽であるのに対し、アラブ人殺害の場面の太陽は、繰り返し刃物に喩えられていることからもわかるように、人間を刺し貫く金属的な太陽であることを指摘しています。これに対して、ロラン・マイヨは、太陽の光が液体のように「ほとばしっている」こと、なまあたたかい汗と涙がムルソーの瞼を覆うことを受けて、この場面の太陽もまた、ねばつく流動的なものであると述べています。

太陽が金属的か流動的かはともかく、殺人の場面が太陽に支配されていることは明らかでしょう。焼けつく太陽を前にして、ムルソーは無力であり、運命＝死にあやつられているかのような印象さえあります。『異邦人』第二部第四章の裁判の場面で、殺人の動機について尋ねられたムルソーは、「早口に、少しことばをもつれさせ、自分の滑稽さを意識しながら、太陽のせいだ」と答えます。太陽のせいで殺人を犯すことなど、ふつうはありえないし、またそんな理由で殺されては被害者もうかばれないというものですが、少なくとも殺人の場面を読むかぎりは、ムルソーのことばに嘘はないと感じられます。

「構造上の欠陥」

とはいえ、「太陽のせいだ」ということばは、「どのようにして」の説明にはなっても、「なぜ」という問いの答えにはなりません。ムルソーがなぜアラブ人を撃ち殺すのかは、謎のままです。彼の殺人は本当に動機なき殺人なのでしょうか。

現代の日本では、通り魔殺人や動機なき殺人が増え、なんとなく人を殺すということが珍しくなくなっています。しかし、カミュは決してそういう未来を予言した訳ではないと思います。『異邦人』が発表された一九四二年当時、人々の多くは、どんな突飛な行動であれ、人間の行動にはすべて理由があると考えていましたし、小説というものは、それを解き明かすものであると考えていたはずです。カミュは、ある意味では、古典的というか良識を大切にする人間ですから、そのような認識を共有していたように思えますし、だからこそ、共通の認識を逆手にとり、読者にショックを与えようとしたように思えます。

アラブ人殺害は、多くの研究者・批評家の分析の対象となってきました。なかでもとりわけ興味深いのは、『異邦人』の中に、ムルソーを「無垢なる殺人者」に仕立てあげ、読者の心に法廷への嫌悪を植え付け、社会や既成道徳を疑問に付す語りの装置を見出しているルネ・ジラールの分析です。

ジラールは、「母親の葬式で泣かない人間は死刑を宣告されるおそれがある」というカミュのことばを踏まえて、次のように述べています。

> 作者は［裁判官や社会に対して］自分自身が感じている怒りを読者の中にかきたてようと望むが、最小限のリアリズムの要請も考慮しなければならなかった。殉教者となるためには、ムルソーは実際に刑罰に値する行為を行う必要があるが、読者の共感をえるためには、潔白でなければならない。［……］ムルソーがアラブ人を撃つ場面にいたるすべての出来事は、その場面も含めて、この二つの互いに矛盾する必要性を満たすように描かれている。

母親の葬式で泣かない人間を排斥する社会、人間に「演技」＝「嘘」を要求する社会を糾弾するためには、ムルソーは殉教者として死ぬ必要があります。しかし、彼のような平凡なサラリーマンが母親の葬式で泣かなかったというだけの理由で裁判にかけられるはずはありません。そのような理由で死刑を宣告されるとすれば、物語はリアリティを失い、カフカの『審判』のようなファンタジーになってしまうでしょう（あくまで現実の世界にとどまるか、それとも人間が、ある朝、起きると、虫になっていたり、死刑を宣告されていたりするファンタジーの世界に入り込むかが、カミュとカフカを決定的に分ける点であると思われます）。そうなれば、作者の社会批判は意味をもたなくなってしまいます。

逆に、もし、ムルソーがどこから見ても非難に値するような犯罪、例えば金銭を奪うために冷酷な計画殺人を犯すならば、死刑判決はリアルなものになるでしょう。しかし、その場合、読者の共感はえられなくなってしまうでしょう。

『異邦人』が社会批判の書としての役割を果たすためには、ムルソーは殺人の罪で起訴され、母親の葬式で泣かなかったことによって死刑に処されるという設定が必要なのです。言い換えれば、「無動機の殺人」という不可解な設定は、ムルソーを社会の審判にさらすきっかけ、あるいは口実にほかならず、殺人にまつわる一連の経緯は、事件が偶然の重なった不幸な事故であったか、太陽に象徴される運命の所業であり、ムルソーには責任能力がなく、彼の無垢性は殺人によって少しもそこなわれないように描く必要があるのです。

ジラールは、さらに、ムルソーは社会に対して無関心に見えるが、それはみせかけであり、実際に無関心なのは社会の方であるとして、ムルソーは「社会の無関心に無関心で応えるしかない」と述べ、ムルソーを犯罪行為によって世間の注意を惹こうとする非行少年になぞらえ、彼にあってコミュニケーションの拒否に見えるものは実は「コミュニケーションの試み」であり、犯罪は「偽装された呼びかけ」なのであるとしています。

アラブ人殺害を主人公ムルソーの心理に即して説明するのではなく、作者カミュの苦肉の策——ジラールはそれを「構造上の欠陥」と読んでいます——として説明するジラールの発想は、まさにコロンブスの卵で、非常に説得力があり、『異邦人』研究のなかでも画期的なものであると言えるでしょう。

ムルソー＝殉教者

ジラールの説を支持するかどうかはともかく、すべてがムルソーを殉教者とするように仕組まれていることはたしかでしょう。裁判の場面で、被告席に座ったムルソーは、まったく自己弁護をしません。それどころか、「予謀のうえアラブ人を殺害し、悔恨の情を示さぬ怪物」であり、「精神的に母親を殺した」男であると彼を激しく非難する検事のことばを聞いて、「検事の正しいことは認めざるをえなかった」とさえ語ります。これほど無抵抗な被告は珍しいのではないでしょうか。

しかし、それもまたムルソーを殉教者に仕立て上げるための作者の策略ではないかと思われます。もし、彼が検事の弁論に反駁し、自分の潔白を主張するなら、例えば弁護士が求めたように、母親の葬式の日、悲しみを抑えていたと証言するならば、社会的演技に従う検事たちと同じ土俵に立つことになり、殉教者たりえなくなってしまうからです。力の差が歴然としている場合、弱い者に肩入れするという判官びいきは、日本人特有の心情のように思われがちですが、万国共通であり、読者は、一切抵抗せず、一方的に非難されているムルソーに同情せずにはいられないのです。

私は法律の専門家ではなく、裁判を傍聴したこともありませんから、正確なところはわかりませんが、ムルソーの裁判は非常に現実離れしたものではないかと思います。証人として、養老院の院長と門衛、トマ・ペレーズ老人、セレスト、マリイ、マソン、サラマノ老人、レエモンの八名が召喚されますが、アラブ人側の証人――事件当日、被害者と一緒にいたアラブ人や、被害者の姉妹であり、レエモンの愛人であるモール人女――が呼ばれていないのは不可解です。また、ムルソーのことをほとんど知らない養老院の院長や門衛、トマ・ペレーズが呼ばれて、ムルソーの勤め先の支配人や同僚のエマニュエルが呼ばれないのも納得がいきません。

検事がムルソーの人間性を明らかにするため、母親の葬式で泣かなかったことを話題に挙げるのはまだいいとしても、翌日、同じ法廷で裁かれる予定になっている父親殺しの話を持ち出し、「精神的に母親を殺した」ムルソーは、父親殺しという最悪の事件を「予告し、正当化する」ものであると言うのはまったくのナンセンスです。なにより不思議なのは、アラブ人がナイフをもっていたにもかかわらず、弁護士はそのことに一切触れず、正当防衛を主張することもないということです。

このように書くと、カミュは裁判のことを知らず、想像で書いているため、そのような不備が生じたのではないかと思われるかもしれません。しかし、カミュは、『異邦人』執筆以前、『アルジェ・レピュブリカン』という新聞の記者として働き、オダン事件やエル・オクビ事件といった政治がらみの大きな裁判を取材しています。

オダン事件とは、公営食料配給所の職員ミシェル・オダンが小麦の横流しの罪で起訴された事件で、カミュは、この事件は、人民戦線政府が創設した食料配給所の信用を失わせるために、植民地当局と富裕な入植者が仕組んだものであるとして、『アルジェ・レピュブリカン』紙上で冤罪を主張し、無罪を勝ち取りました。また、エル・オクビ事件は、イスラム教改革派の指導者エル・オクビが、イスラム教保守派のアルジェ大宗教解釈官を暗殺したとして起訴された事件で、こちらも、カミュは『アルジェ・レピュブリカン』紙上で、冤罪を主張し、無罪を勝ち取っています。だから、カミュが裁判の現実について知らないということはありえません。むしろ誰よりもよく知っていたはずです。カミュはすべてわかったうえで、ムルソーを殉教者に仕立て上げるために、このような裁判をつくりだしたのだと言うべきでしょう。

L'innocence de HODENT et du magasinier MAS a fini par triompher

Le tribunal correctionnel de Tiaret a acquitté tous les prévenus et mis à la charge des parties civiles les dépens du procès

Nous avons donné à nos lecteurs un compte rendu objectif des séances du tribunal correctionnel de Tiaret consacrées à l'affaire Hodent. Nous nous étions privés de tout commentaire sur le fond du débat, pour ne pas préjuger d'une sentence que nous espérions juste, malgré tout.

A la vérité, nous ne l'attendions pas si éclatante. Michel Hodent est acquitté, et avec lui, tous les inculpés de cette affaire. Avant de donner les attendus de ce jugement et de clore cette campagne, remercions les juges de Tiaret d'avoir su rendre une justice entière dans une affaire à la fois si évidente et

gnante et qu'elle n'est nullement mise en cause, que non seulement elle n'est pas visée dans l'ordonnance de renvoi, mais encore qu'elle s'est bien gardée d'intervenir tant à l'information qu'aux débats ;

Attendu, dès lors, que la preuve d'un contrat-mandat en conformité avec l'ordonnance sus-visée n'étant pas rapportée, il ne saurait y avoir abus de confiance dans les termes des articles du Code Pénal visés par cette ord(n( )e de renvoi ;

Pour conclusions,

Le tribunal dit que le délit d'abus de confiance reproché à MM. Hodent et Mas et le délit de complicité d'abus de

オダン事件で無罪を勝ち取ったことを伝える『アルジェ・レピュブリカン』の記事（1939年3月23日付）。「オダンと倉庫係マスの無罪がついに勝利を得た」という大きな見出しのあとに、「ティヤレートの軽罪裁判所は被告全員を無罪とし、裁判費用を原告の負担とした」とある。

裁判の虚偽

被告であるムルソーの沈黙と検事の雄弁のコントラストは、この裁判の虚偽性、ひいては言語そのもののもつ本質的な虚偽性をあらわにしています。あるがままの現実とは、言語に還元不可能な無秩序なものです。したがって、現実を言語化することは、本来、無秩序なものに秩序を与えるという撞着をおかすことであり、そこには何か重大な歪曲があります。ムルソーは、そのようなことを戦略的沈黙によって説いているように思えます。

殺人にいたる一部始終を目撃した読者にとって、検事の弁論が真実を伝えていないことは明らかであり、法廷全体がムルソーを敵視する中で、読者だけが本当の意味での弁護側の証人たりえます。ところが、この証人は名乗り出ることができません。読者は法廷への嫌悪をつのらせ、検事が被告を激しく糾弾すればするほど、被告の無実は不動のものとなるという奇妙な現象が起こります。読者が感じる法廷への嫌悪と被告への共感は表裏一体となっていると言えるでしょう。

被告席のムルソーは、まるで他人事のように、裁判の成り行きを観察します。彼の語りの冷淡さは、もはや彼自身の言動にではなく、法律家たちに向けられます。例えば、第二部第四章の冒頭で、ムルソーは弁護士と検事の弁論について、次のように述べています。

たとえ被告席にいても、自分のことをひとが話すのを聞くのは、面白いものだ。検事と弁護士の弁論の間、僕について、おそらく僕の犯罪についてよりも僕について、多くのことが語られた。そもそも、この二つの弁論はそれほど違っていただろうか。弁護士は両腕をあげて、有罪を認めて、情状酌量をつけ、検事は両手を伸ばして、有罪を告発し、情状酌量を認めない。

弁護士と検事は正反対の立場にある人間です。しかし、この一節では、情状酌量をつけるかつけないかというわずかな違いしかない存在として描かれています。

この場面から、チャーリー・チャップリンの映画『独裁者』の一場面を連想するのは突飛すぎるでしょうか。『独裁者』には、ヒットラーを思わせる独裁者に扮したチャップリンが、大勢の群衆の前で、演説をする場面があります。眼をひんむいて、身振り手振りよろしく演説をする彼は、群衆から喝采を浴びるのですが、トメニア語という架空の言語で演説しているため、肝心の内容はさっぱりわかりません。演説の中身を抜きにして、身振り手振りや口調だけを誇張することによって、チャップリンは徹底的に独裁者をこけにしているのです。

それと同じ手法がこの場面でも使われているように思えます。カミュは、検事や弁護士の弁論の内容を無視して、あやつり人形のような動きだけを取り出し、対比してみせることで、彼らを、さらには裁判そのものをこけにしています。こうして、弁護士や検事は、読者の理解をえることのできぬ非人間的なメカニズムの歯車と化すのです。

『異邦人』第一部では、読者はムルソーを「行為については透明だが、感情については不透明なガラスの仕切り板」を通して眺めていると、私は先に書きました。しかし、第二部では、舞台は反転し、ガラスの仕切り板は読者と法廷の間に移動します。そして、読者はムルソーと同じ側に立って、法律家たちを奇異の眼で眺めることになるのです。第一部でムルソーを異邦人化した語りの技法が、第二部では法律家たちを異邦人化し、ムルソーと読者の間に密かな共犯関係を生じさせていると言えるでしょう。

なぜアラブ人か

ジラールの言うように、ムルソーを「無垢なる殺人者」に仕立てるために、無動機の殺人という設定が必要だったとしても、その被害者はなぜアラブ人でなければならなかったのでしょうか。政治的立場に立つ批評家・研究者のなかには、そこに当時フランスの植民地であったアルジェリアがかかえる本質的矛盾を見る者もいます。

第二部の裁判の場面では、被害者側の証人はひとりも召喚されないばかりか、被害者の名前すら明かされず、殺人は早々に忘れ去られ、母親の死に対するムルソーの態度が争点となります。

そして、読者はムルソーが殺人犯であることを忘れ、彼を母親の葬式で泣かなかったために死刑になる「殉教者」とみなすことになりますが、そうしたことが可能なのは、被害者がヨーロッパ人ではなく、アラブ人だからであると考える研究者もいます。フランスの植民地であるアルジェリアでは、アラブ人は存在しないも同然のものであり、だからこそ、読者は（ここで想定されている読者は、当然、フランス人です）アラブ人が殺されても、いまわしい犯罪が行われ、ひとりの人間が殺されたという印象をもたないのだというのです。

コーナー・クルーズ・オブライエンは、ムルソーはモール人女に嘘の手紙を書き、さらには彼女を虐待したレエモンをかばうために警察に嘘の証言をしたのだから、カミュが言うような「嘘を拒む人間」ではありえないと、ムルソーを聖人視する解釈に疑問を呈しています。彼はまた、ムルソー、レエモン、マリイ、サラマノなどフランス人の登場人物には名前がついているのに対し、アラブ人の登場人物には名前がついておらず、ムルソーたちフランス人とアラブ人との間には大きな溝があり、人間的な関係が成り立たないと指摘しています。

オブライエンは、さらに、当時のアルジェリアでは、フランス人がアラブ人を殺したからといって死刑を宣告されることはありえなかったと指摘し、カミュは法廷がフランス人とアラブ人を平等に扱うという「植民地的虚構」を提示することによって、植民地の現実と向かい合うことを回避していると主張しています。

ポストコロニアルの批評家として名高いエドワード・W・サイードは、オブライエンを援用しながら、より激越な調子で、カミュを批判しています。サイードによれば、『異邦人』は、「アルジェリアに関するフランスの膨大な言説を頑迷なまでに反復する」作品であり、「アルジェリアにおけるフランス統治の歴史」を「計算づくで、良心の呵責や同情に欠けた冷酷な姿勢」で活性化したものにすぎず、そこに見られるのは、アルジェリアを植民地化したフランス人がフランス人読者のために書いた「植民者の文章」だというのです。

サイードは、さらに、アルジェリア戦争中のカミュの曖昧な態度を批判し、カミュには「フランスの領土強奪と政治的統治を拒絶する」という「より困難で挑戦的な選択もありえたはずだ」と述べていますが、カミュがアルジェリア独立を支持しなかったからといって、帝国主義や植民地主義のレッテルを貼るのは暴論に近いものがあるように思えます。「僕は正しかったし、いまも正しく、いつだって正しいのだ」というムルソーのことばに、植民地体制を正当化し、かたくなに守ろうとする姿勢を見たり、「ママンはすべてを生き直す気持ちになったのだろう」、「僕もまたすべてを生き直す気持ちでいる」ということばを、「自分たちフランス人がアルジェリアでしたことをもう一度はじめからやらせてもらおう」と解釈したりするにいたっては、もはや何をか言わんやです。

一九六二年のアルジェリア独立から五十年近い年月が流れ、ポストコロニアルということばがさかんに口にされるようになった現在、『異邦人』を政治的見地から見直すことは、決して無意味なことではないでしょうが、サイードのような論争的な考察には、正直言って、いささか閉口する部分があります。一九四二年に発表された小説を今日の政治的状況に照らして読むべきではないと言うつもりはありませんが、そこにはおのずから限界もあるはずです。すべてのものは地理的・歴史的に条件づけられているのであり、文学作品も例外ではありません。島崎藤村の『破戒』や、ストウ夫人の『アンクル・トムの小屋』は、差別の問題を考えるうえで、当時としては画期的な作品でしたが、今日の眼から見ると、おかしなところやなまぬるいところも多いかと思います。しかし、だからといって、それらの作品が差別的だと非難するのは、お門違いもはなはだしいのではないでしょうか。

アルジェリア北東部のカビリー地方の飢餓と貧困を取材したルポルタージュ「カビリーの悲惨」をはじめ、カミュは、ジャーナリストとして、アラブ人に対する多くの不正を告発しました。一九三七年に彼が共産党を離れたのも、党がファシズムとの戦いを強化するために、対アラブ人政策を変更し、いわばアラブ人を見捨てたからです。

一九五四年に勃発したアルジェリア戦争に対して、カミュが態度を明確にせず、休戦のアピールをするほかは、沈黙を守ったことや、一九五七年ノーベル文学賞受賞の際にストックホルムで行った講演で、イスラム教徒の青年からの質問に答えて、「私は正義を信じる。しかし、正義よ

コラム3　ノーベル賞受賞とアルジェリア問題

一九五四年十一月一日に始まったアルジェリア独立戦争は、激化の一途をたどり、カミュを深い悲しみに陥れました。アルジェリア生まれのフランス人であるカミュは、アルジェリアがフランスの領土にとどまりつつ、一定の自治権をもち、フランス人とアラブ人、ベルベル人が対等の権利をもつことを望んでいましたが、そのような主張が通るような状況ではなく、一九五六年一月、アルジェで休戦と対話のアピールを行ったほかは、アルジェリア問題について沈黙しました。

一九五七年十月、スウェーデン・アカデミーはその年のノーベル文学賞をカミュに与えることを決定しました。カミュにとって、それは大きな栄光であったはずですが、彼を敵視する人々にとっては、彼を攻撃し、「終わった作家」として貶める格好の機会となりました。カミュはそれを予期していたのでしょう、受賞の知らせを聞いた際、顔面蒼白になり、「これで私は去勢されてしまった」と語ったという話が残っていますが、辞退などということは問題外でした（サルトルがノーベル文学賞を辞退するのは、その七年後の一九六四年のことです）。

同年十二月、授賞式に出席するためストックホルムを訪れた彼は、ストックホルム大学で開かれた学生との討論会に出席します。その席上、ひとりのアルジェリア青年がアルジェリア問題に関するカミュの沈黙を激しく批判しました。そのとき、カミュは「私はこれまでずっとテロを断罪してきた。だから、アルジェの街角で無差別に行われるテロも断罪しなければならない。いつの日か、私の母や家族がその犠牲になるかもしれないのだ」と前置きしたうえで、「私は正義を信じる。しかし、正義より前に私の母を守るだろう」と答えています。

り前に私の母を守るだろう」と言ったことなどは、しばしば論議の的となりましたが、彼の逡巡や躊躇は、ピエ・ノワール（アルジェリア生まれのフランス人）として、ある意味では当然のものではなかったでしょうか。アルジェリア生まれのフランス人というアイデンティティをもつ人間に、フランスとアルジェリアのどちらかを選べということ自体、無茶な話のように思えます。

いや、そんな話はしなくても、カミュがアラブ人に敵意や反感をもっていないことは、『異邦人』のテクストから読み取れます。第二部第二章のマリイとの面会の場面で、ムルソーは、「ほっそりした手の小柄な」アラブ人青年と、その母親とおぼしき老婆が、黙って向かい合っているのに気づきます。二重の格子で隔てられた相手に自分の声をとどかせようと大声をはりあげているフランス人夫婦の俗っぽさとは対照的に、アラブ人親子は、黙って見つめ合ったまま、「沈黙の小島」をつくっています。面会時間が終わりに近づくと、青年は「さよなら、ママン」と言い、老婆は格子の間から片手を伸ばし、ゆっくりとした長い合図を送ります。

沈黙の中でじっと見つめ合うこの母親と息子は、カミュにとって、理想の母子関係をあらわすものではないでしょうか。もし、カミュがアラブ人に対して敵意や嫌悪感をもっていたら、このような場面は書かなかったし、書けなかったのではないでしょうか。

『異邦人』にフランス領アルジェリアの政治的・民族的条件を読むことを否定するつもりは、もちろん、ありません。しかし、植民地主義や人種的偏見の名のもとに、ムルソーなり、カミュなりを安易に批判することは避けるべきだと思います。

ムルソーとレエモン

以上、ルネ・ジラールの説から始めてアラブ人殺害について見てきましたが、ここで少し視点を変えて、殺人の遠因というか発端について考えてみましょう。

ムルソーを殺人に導く一連の出来事は、彼がレエモンのために手紙を代筆するのを引き受けたことから始まります。ムルソーと同じアパートに住むレエモンは、ある夜、ムルソーを部屋に誘い、相談をもちかけます。レエモンの愛人であるモール人女が彼を裏切っているので、女を懲らしめるために、仲直りの手紙を書いておびきだし、ベッドをともにして「ちょうど終わる瞬間」に、顔に唾を吐きかけて恥をかかせてやりたい、しかし、自分にはそんな手紙は書けそうにないので、ムルソーに代筆してもらいたいというのです。それまで隣人として世間話をするにとどまっていたふたりは、この夜を境に急速に親密になります。レエモンはムルソーを「本当の仲間」だと言い、ふたりは「俺」「お前」で話し、一緒に酒を飲んだり、玉突きに興じたり、互いに部屋を訪ねあったりするようになります。

ムルソーはなぜレエモンの怪しげな計画に手を貸すのでしょう。ムルソー自身は「レエモンを満足させない理由はなかったから」と言っていますが、本当にそうでしょうか。すでに述べたように、ムルソーはいつも愛想がよく、できるだけ他人を満足させようとする人間です。しかし、だからといって、いつも唯々諾々と他人の意に従っている訳ではありません。支配人がパリ栄転の話をもちかけたとき、彼は「支配人に不満を与えたくはなかったが、生活を変える理由は見当たらなかった」として、はっきりと断っています。また、「私を愛してる？」と尋ねるマリイに対して、二度にわたって「たぶん愛していないし、愛には何の意味もない」と言い放ちます。さらには、裁判を有利にはこぶため、母親の葬式の日は自然な感情を抑えていたと証言するよう求める弁護士に対しても、「それはできません。嘘になりますから」ときっぱり断っています。ムルソーは必要とあらば自分の意志を押し通すだけの強さをもっていると言うべきでしょう。

だとすれば、レエモンに対しても同じようにできたはずです。しかし、ムルソーは手紙の代筆を引き受けるばかりか、警察に赴いてレエモンのために証言をしたり、アラブ人との喧嘩に加勢したり、つねにレエモンの味方をしています。ある意味では、アラブ人殺害も、レエモンが犯すはずの犯罪をムルソーが代行したものと考えることもできるでしょう。ムルソーがレエモンに深い友情を抱いているとは思えませんが、まるでレエモンの分身であるかのように振る舞っているのです。

「女を食い物にしている」と噂され、近所から嫌われている粗野で単純な男、悪ぶっているわりには、警官に尋問されると何も言い返せず震えているような男、しかし、単純なだけに、男同士の信義を重んじ、仲間には親切な男、ひと言で言うなら、アルジェの庶民階級のカリカチュアであるようなこの男のどこに、ムルソーの同一化をうながすものがあるのでしょうか。この問題を考えることは、アラブ人殺害の問題に新たな光を当てることにほかならないと思います。

母親の「婚約」

母親の葬儀の日の朝、ムルソーは養老院の院長から、母親がトマ・ペレーズという老人と親しくしており、まわりから「婚約者」と呼ばれて嬉しそうにしていたことを聞かされます。ムルソーは母親の「婚約」をどう思ったのでしょう。ムルソーは、院長の話を聞いた直後に、「継ぎ目のはずれたあやつり人形」のような「ぎこちない動き」のこの老人に会うことになりますが、老人の服装——「てっぺんが丸く、つばが広いソフトのフェルト帽」、「ズボンが靴の上でねじれている背広」、「大きな白い襟のついたシャツには小さすぎる黒のネクタイ」——や外見——「黒いできものでいっぱいの鼻」、「血のように赤い」「ゆらゆら揺れる不格好な奇妙な耳」——を描写し、歩くのが遅く、遅れがちな老人が、葬列に追いつくため、野原を横切り、近道をしていることや、葬儀の最後に老人が気絶したことを記すだけで、語りからムルソーの気持ちをおしはかることはできません。

人生の終わりにさしかかった老人が恋をするというのは、奇妙に思えるかもしれませんが、養老院などの施設では現実によくあることであり、それが結婚に発展することも珍しいことではないと聞きます。一般論としては、年をとっても恋ができるというのはすばらしいことであると思いますし、ムルソーの母親は未亡人であり、ペレーズもひとり者のようですから、はばかることは何もないはずです。とはいえ、やはり息子としては複雑なものがあるのではないでしょうか。事前に母親の口から直接、事情を聞いていればまだしも、葬式当日の朝に、第三者である院長の口から「婚約」を知らされた場合、息子が受ける衝撃はかなり大きなものではないかと思います。

前章で紹介したピション＝リヴィエールとバランジェは、「ペレーズ（Pérez）」という名前が、フランス語の「父親（ペール père）」と似ていることを踏まえ、母親の「婚約者」たるこの老人は象徴的父親の役割を担っていると言います。彼らによれば、ムルソーは「かつては生殖能力にすぐれていた――大きな耳と鼻がそれを示している――が、いまでは生殖能力をもたない父親と和解しようとつとめている」というのです。

しかし、そう簡単に母親の「婚約」を受け入れることができるとは、とても思えません。ムルソーは、口には出さないものの、自分の知らないところで勝手に「婚約者」をつくった母親に「裏切られた」と感じ、激しい嫉妬と憎悪を抱いたのではないでしょうか。しかし、彼の感情は出口をもちません。文句を言おうにも肝心の母親は死んでしまっているし、ペレーズは滑稽なほど老いさらばえ、もはや彼のライバルにも、嫉妬の対象にもならないからです。ムルソーの憎悪は抑圧され、胸の奥でくすぶり続けます。

ちょうどそんなとき、隣人のレエモンが愛人に裏切られていることを打ち明け、愛人に復讐する計画に手を貸して欲しいと言います。この計画は、ムルソーの抑圧された憎悪にはけ口を与えたのではないでしょうか。ムルソーが母親に「裏切られた」と感じているのと同じように、レエモンはモール人女に裏切られたと感じています。だからこそ、ムルソーはレエモンに同一化し、復讐計画に手を貸すのではないでしょうか。レエモンのモール人女に対する復讐は、ムルソーの母親に対する復讐の代償行為にほかならないのです。

カミュの母親の恋

カミュは、少年期の終わりに、ムルソーと同じような状況を経験しています。十六歳のとき、母親に愛人がいるのを知ったのです。相手は、市場で魚屋をしているアントワーヌという男で、妻も子どももいました。母親の弟、カミュからいうと叔父にあたるエチエンヌ・サンテスは、彼女の恋に反対し、ふたりの仲を裂こうとして、男と殴り合いをしたといいます。この不幸な事件は、『貧民街の声』や『幸福な死』、カミュの遺作となった未完の自伝的小説『最初の人間』にその痕跡をとどめています。

『貧民街の声』の三番目のエセー「音楽によって昂揚された声」では、母親が息子のアパートを訪れ、弟が恋愛の邪魔をすると愚痴をこぼします。彼女は弟に隠れて好きな男に会っていましたが、その日、男を家に入れたのを弟がみとがめ、男と殴り合いになりました。絶望のあまり、いつか毒を飲むことになるだろうと、母親は息子に言います。

一方、『幸福な死』では、同じ出来事が主人公パトリス・メルソーの間借り人カルドナの挿話として描かれています。エチエンヌ叔父と同じく樽職人であるカルドナは、母親の死後、姉と一緒に暮らしていました。姉には好きな男がいましたが、カルドナはふたりの恋愛に反対し、男と殴り合いになりました。姉は家を出て行き、残されたカルドナは汚れきった部屋で犬と一緒に惨めな生活を送ることになります。

また、『最初の人間』では、主人公ジャック・コルムリイが、母親の恋人アントワーヌと叔父エルネストの喧嘩を目撃します。前二作とは異なり、この作品では、アントワーヌは公然と定期的にコルムリイ家を訪れていることになっています。ふたりの仲を家族の者がどの程度知っていたかは明らかにされていません。ただ、アントワーヌが来るときには、母親が「ふだんよりも少しおしゃれな服を着て、明るい色のエプロンをかけ、わずかながら頬紅さえつけている」のにジャックは気づきます。ある日、彼は叔父がバルコニーから外をうかがっているのを見ます。やがて、アントワーヌがあらわれると、叔父は廊下に走り出ます。物音を聞いて、ジャックが外に出てみると、ふたりはものも言わず暗闇で殴り合っています。アントワーヌは階段から転げ落ち、エルネストはそのままどこかへ走り去ります。その間、母親は顔をこわばらせたまま、台所でじっとしています。

これら三つの作品では、息子の気持ちは書かれていません。『貧民街の声』では、息子は終始一貫して無関心な態度を取り続けます。彼はレコードをかけたまま母親の話を聞き、話の内容よりも、むしろ音楽によって昂揚された声の調子に心を動かされます。息子はただ母親の話を聞くだけで、ひと言もしゃべりません。やがて母親は立ち上がり、弟の待つ家に帰っていきます。

『幸福な死』のカルドナの挿話では、姉と弟の関係が語られるだけで、姉の息子は登場しません。メルソーは、カルドナに対し、おそらくは同情と嫌悪の両方を感じているのでしょうし、それがザグルー殺害をもくろむ彼の背中を押したと考えられますが、基本的には、傍観者の立場にとどまっています。

『最初の人間』では、ジャックは、エルネストとアントワーヌの喧嘩をただ呆然と見つめるだけで、「翌日から、黒か灰色のワンピース、地味で貧しい服装に戻り」、「貧しさと孤独と来るべき老齢との中に永遠に沈み込む」ようになった母親を「以前にもまして美しいと思った」ということ以外、母親に対する気持ちは描かれていません。その後、ジャックは「長い間、叔父を恨む」ことになりますが、同時に、叔父もまた貧困や障害の犠牲者である以上、「誰も彼を恨むことはできない」と、あくまで公平な態度を保っています。ジャックが母親の恋愛にショックを受けたとしても、それは、アントワーヌと叔父の喧嘩が「思い出したくない事柄」であり、「その原因を知りたいとは思わない」という箇所にかろうじてうかがえるだけです。

これらの作品では、カミュは息子の感情に触れず、母親の恋愛を客観的な角度から描いています。しかし、『貧民街の声』よりもさらに早い時期に書かれた断章には、「十六歳のとき、彼は母親に愛人がいるのを知った。そのことに彼は驚き、悩み、狼狽した」と書いています。カミュが繰り返し母親の恋愛を描きながら、決して息子の感情に触れようとしないのは、何も感じなかったからではなく、逆に衝撃が大きすぎたからではないでしょうか。彼が標榜する無関心は、自らの心の傷を否認しようとする心的防衛にほかならないように思えます。

カミュが自分の母親の恋愛のことを意識して『異邦人』を書いたと、私は言いたい訳ではありません。しかし、ムルソーの母親の「婚約」には、カミュの母親の恋愛が投影されているように思えます。カミュと同じく、ムルソーは、自分を「裏切った」母親への嫉妬や憎悪を決して口にしようとしません。しかし、レエモンが愛人の裏切りを打ち明けるとき、ムルソーは母親の「裏切り」を再び生きることになり、それまで抑圧されていた感情が一挙にふきだすのではないでしょうか。

モール人女への復讐が、ムルソーの母親への象徴的復讐であるとするならば、モール人女の兄弟であるアラブ人の殺害はどのように解釈すべきでしょうか。そのことを考えるために、アラン・コストの論文「ムルソーの二重の殺人」をとりあげてみましょう。

一発目と二発目の間

ムルソーはアラブ人に向かって一発撃ったのち、しばらく間をおいてさらに四回発砲します。ムルソーが使ったピストル（リヴォルヴァー）は六連発ですから、単純に計算すれば、あと一発、弾丸が残っていることになります。ムルソーは、なぜ、そんなことをしたのでしょう。最後の一発で自殺しようとしたのでしょうか。それとも、太陽を撃とうとしたのでしょうか。しかし、この問いは前提が間違っていると、ブライアン・T・フィッチは言います。リヴォルヴァーは、暴発の危険を避けるために、一発弾丸を抜いておくのがふつうだからです。すなわち、ムルソーは弾倉が空になるまで撃ち続けたにすぎないのです。

では、なぜ、ムルソーは一発目と二発目の間に間隔をおいたのでしょう。第二部第一章で予審判事は執拗にこの点を問いただしますが、ムルソーは「それは重要な問題ではない」と言うだけで、一切説明しようとしません。その結果、第二部第四章の法廷の場面では、「確実にとどめをさすために、しばらく間をおき、四発撃ち込んだ」と、検事に言われてしまうことになります。しかし、検事のこの解釈がまったく見当はずれであることは、読者の眼には明らかでしょう。

この問題について、ある程度、納得のいく答えを出しているのは、精神分析的立場に立つアラン・コストだけではないかと思います。コストは、ムルソーの殺人には二つの意味があり、彼はアラブ人を、まず「姉の恋の邪魔をする弟」として殺し、ついで「カミュの母親を暴行した犯人」として殺したのだと述べています。

母親を暴行した犯人

話の都合上、ここではコストの言う第二の殺人を先にとりあげましょう。

『裏と表』の「諾と否の間」では、暴漢に襲われ失神した母親のそばで、息子が一夜を過ごすエピソードが描かれています。母親は一日の終わりにバルコニーに出て、ぼんやり外を眺める習慣がありました。ある日、彼女の背後にひとりの男が突然あらわれ、彼女を引きずって、乱暴をはたらき、物音を聞いてそのまま逃げ去るという事件が起こりました。母親は失神し、犯人の顔を見ていないので、暴漢がなにものかは特定できません。ただ、カミュの兄リュシアンによると、カミュの家族や近所の人々は、犯人はアラブ人であると信じていたとのことです。そうだとすると、ムルソーのアラブ人殺害は、母親を暴行した犯人へのカミュの復讐と解釈することができます。ムルソーにアラブ人を殺させることで、カミュは象徴的に自分の母親の仇を討っていると考えることができるのです。

コストはさらに分析を進め、驚くべき結論を引き出します。カミュは当時、すでに実家を出て、別の家で暮らしていましたが、医者の意見に従って、母親のそばで一夜を過ごすことになります。その夜はカミュにとって忘れられない夜となります。「先ほどの騒ぎの恐怖がまだ尾を引いている」蒸し暑い部屋の中では、「すべてが虚ろ」であり、「深夜の路面電車が、遠ざかりながら、人間から生じる一切の希望、街のざわめきが与えてくれる一切の確かさを吸い取って」いきます。

世界は溶けてしまい、それとともに、生活が毎日再び始まるという幻想もなくなっていた。勉強も、野心も、レストランでの好みも、お気に入りの色も、もはや何も存在しなかった。病と死以外は何も存在せず、彼は自分がその中に沈み込んでいるのを感じていた……しかし、世界が崩壊しつつあるまさにそのとき、彼は生きていた。彼は最後には眠りに落ちた。しかし、ふたりきりでいたという絶望的でやさしいイメージを持ち帰った。のちになって、ずっとのちになって、彼は汗と酢の入り混じったあの匂いや、自分を母親に結びつけている絆を感じたあの瞬間を思い出すことになる。

コストは、この夜の異様な雰囲気を、カミュが無意識のうちに母親を暴行した犯人に同一化していることで説明しています。カミュは母親のそばで眠ることによって、近親相姦的願望を部分的に達成しているのですが、それが可能になったのは暴漢がいたからにほかなりません。暴行の恩恵に浴しているのは、カミュなのですから、逃げ去った暴漢にかわって暴行の罪を引き受けるのも彼でなければならないと、コストは言います。カミュが、この夜、感じた不安と動揺は、自分が犯してもいない暴行に対する罪悪感から生まれたものである、したがって、アラブ人＝暴漢を殺すことは、単に母親の復讐をするというだけではなく、暴漢との同一化と、それにともなう罪悪感から自己を解放することでもあると、コストは主張しています。

象徴的叔父殺し

では、次にコストの言う「第一の殺人」について考えてみましょう。

コストは、ムルソーに殺害されるアラブ人がレエモンの愛人の兄弟であることに注目し、カミュの母親の恋愛を妨害したエチエンヌ叔父が、小説では「姉を監視するアラブ人」に置き換えられており、浜辺でのアラブ人とレエモンの喧嘩は、思春期のカミュが目撃した母親の愛人アントワーヌとエチエンヌ叔父の喧嘩の変形にほかならないと指摘しています。すなわち、コストは、レエモン／モール人女／その兄弟という三角関係に、母親の愛人／母親／叔父という三角関係を重ね、アラブ人殺しは、モール人女＝母親をめぐって、レエモン＝母親の愛人と、アラブ人＝叔

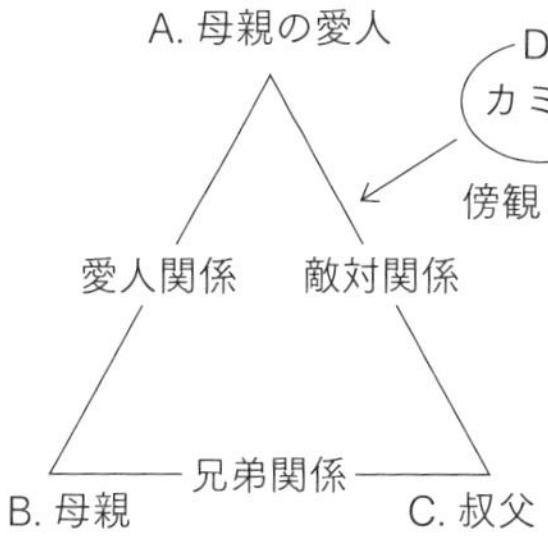

カミュの実人生における三角関係

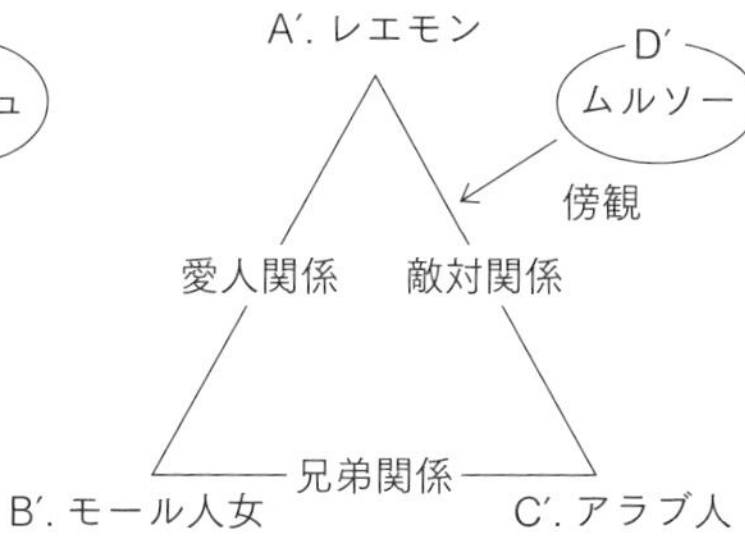

『異邦人』における三角関係

父が喧嘩しているのを目撃したムルソー＝カミュが、アラブ人＝叔父を殺害したものであるとしているのです。

　恋愛の邪魔をして母親を苦しめる叔父に、息子が憎悪を抱くのは、ある意味では当然と言えそうです。しかし、カミュの場合、ことはそれほど単純ではありません。叔父を抹殺することは、結果として、母親の恋愛を認め、手助けすることになるからです。

　息子にとって、母親は自分を裏切って愛人をつくった憎い存在ですが、同時に叔父の干渉の犠牲者でもありました。一方、叔父は母親を泣かせる加害者ですが、同時に息子の気持ちを代弁する存在でもありました。もし、息子が母親の味方をするなら、自分の気持ちを偽ることになるでしょう。かといって、叔父の味方をするなら、母親が苦しむのを容認することになるでしょう。だからこそ、息子は、どちらの味方をすることもできず、自分の感情を抑圧し否認せざるをえなかったのではないでしょうか。

　そのような葛藤に対して『異邦人』は、いわばコロンブスの卵のような解答を出しています。どちらか一方の味方をして、もう

コラム4　アンドレ・ド・リショーの『苦悩』

一九五一年十一月、『ヌーヴェル・ルヴュー・フランセーズ』誌が発行したアンドレ・ジイド追悼号に寄せた小文「アンドレ・ジイドとの出会い」の中で、カミュは、十七歳のとき、アンドレ・ド・リショーの小説『苦悩』を読み、文学的創造のすばらしさに目覚めたと言っています。アンドレ・ド・リショー（一九〇九～一九六八）は、カミュやその世代の子どもたちの多くと同じく、第一次大戦で父親を亡くしています。リショーの代表作『苦悩』（一九三〇）は、南仏プロヴァンス地方を舞台に、第一次大戦で夫を失った未亡人テレーズ・デロンブルと、捕虜として村に送られてきたドイツ兵オットーの恋と、それに嫉妬し苦悩するテレーズの息子ジョルジェの姿を描いた小説です。カミュがこの作品に惹かれたのは、戦争で父親を失った少年ジョルジェに自分を重ねたからだと思われますが、同時に、テレーズとオットーの恋に、自分の母親とアントワーヌとの恋をだぶらせ、ジョルジェの苦悩に共感するとともに、自らの感情を偽らず、苦悩と正面から向き合う彼に羨望に近いものを感じたからではないかと考えられます。

一方に復讐するということが不可能であるなら、両方に復讐すればいいのです。だから、カミュは、まず、ムルソーがモール人女への復讐に手を貸すという形で、母親に復讐を遂げ、次に、同じムルソーが今度はアラブ人を殺すという形で、叔父への復讐を遂げているのではないでしょうか。カミュは、『異邦人』という作品の創作を通して、象徴的次元で、母親と叔父の両方に罰を与え、自らが思春期に受けた心の傷を癒そうとしているのではないでしょうか。

ムルソー＝母親の恋人

しかし、ムルソーの行動は、母親と叔父の両方に対する復讐だけにとどまるものではありません。自分を裏切った女を罰し、恋の邪魔をする女の兄弟を殺すというのは、息子がとる行動というより、恋人がとる行動ではないでしょうか。ムルソーは、母親の愛人と叔父の喧嘩を目撃する息子の立場にあったはずですが、レエモンに同一化することによって、いつの間にか、母親の恋人の立場に立っているように思えます。

レエモンはモール人女の愛人であり、彼女の愛を独占する立場にあります。彼がモール人女に復讐するのは、恋人としての自分の権利を侵害されたと感じているからです。ムルソーも同じではないでしょうか。彼もまた、自分こそが母親の正当な「恋人」であり、その愛を独占する権利があることを主張しようとしているのではないでしょうか。

最終的に、レエモンとモール人女の仲がどうなったのかは、書かれていません。おそらくは、そのまま別れてしまったのでしょう。しかし、そのような結末を、レエモンが最初から予想していたとは思えません。ムルソーに相談をもちかけたとき、彼は「女のアレにまだ未練がある」と言います。彼の望みは、女を懲らしめることであり、別れることではないのです。彼は女が不貞を反省し、彼のもとに戻ってくるならば、それまで通りの関係を続けるつもりだったはずです。

それと同様に、ムルソーの母親への象徴的復讐も、母親を取り戻すための試みだったのではないでしょうか。モール人女への復讐に手を貸したムルソーは、それによって嫉妬や憎悪から解放され、母親の不貞を許すと同時に、母親の恋人としての地位を回復したのではないでしょうか。だとすれば、母親の恋愛はもはや息子への「裏切り」ではなく、息子との恋愛となります。だからこそ、彼は母親の恋愛――彼らの恋愛――を妨害する人間を抹殺するのです。『異邦人』には、自分に隠れて愛人をつくった母親を、息子が罰し、許し、取り戻すというプロセスが見られるように思えてなりません。

物語の最終章で、ムルソーは、久しぶりに母親のことを考え、「彼女がなぜ人生の終わりに「婚約者」をつくったのか、なぜもう一度やり直すふりをしたのかわかるような気がした。あそこでは、あそこでもまた、いくつもの命が消えていくあの養老院のまわりでは、夕暮れは憂いに満ちた休戦のようなものなのだ。死に近づいて、ママンはあそこで解放されたような気持ちになり、すべてを生き直す気になったのだろう。誰も、誰もママンの死を悲しむ権利はない。そして、僕もまた、すべてを生き直す気持ちになっている」と言います。彼は母親の「婚約」＝「裏切り」を許しているだけでなく、暗に、母親が一緒に人生をやり直すべき相手は、ペレーズではなく、自分であると言っているのではないでしょうか。

こうしてムルソーは、母親とその愛を独占します。やがて来る彼の死が、母親と息子の結合を永遠に封印することでしょう。『異邦人』は、自分に隠れて愛人をつくった母親に嫉妬する息子が、母親に復讐することで嫉妬や憎悪を超越し、最終的に自らの死をもって母親と永遠に結びつく物語であるように思えます。

以上、カミュの母親の恋愛をもとにいろいろと書いてきましたが、当然のことながら、カミュが自分の個人的な恨みをはらすために『異邦人』を書いたなどと言いたい訳ではありません。すべては、作者の無意識の世界のことではないかと思います。

文学作品というのは、ある意味で、われわれが夜見る夢のようなものです。そこには、作者自身ふだんはまったく意識していない欲望や感情が、さまざまな形で変形され、歪曲されて映し出されています。ただし、ひとつ大きな違いがあります。夢が無秩序で不合理な羅列にとどまって

ル・パヌリエで家族とバカンスを過ごすカミュ。奥に母カトリーヌの姿が見える。

いるのに対し、作品は作者の言語的な努力——意識的な加工——を要求するということです。したがって、作品は、無意識の中にある心の傷やしこりを読み取る材料であるだけではなく、その傷やしこりを解消するよう働きかける力をある程度もっているのです。

そのような意味で、『異邦人』は、カミュが思春期に受けた心の傷が、複雑な変形を経て反映された作品であると言えますし、また、部分的にせよ、その傷を癒す治癒的な価値をもった作品であると言えるでしょう。

CHAPITRE 4

ムルソーは幸福か

Comme si cette grande colère m'avait purgé du mal, vidé d'espoir, devant cette nuit chargée de signes et d'étoiles, je m'ouvrais pour la première fois à la tendre indifférence du monde. De l'éprouver si pareil à moi, si fraternel enfin, j'ai senti que j'avais été heureux, et que je l'étais encore.

あの大きな怒りが僕の中から悪を排出し、希望を空《から》にしたかのように、しるしと星に満たされた夜を前にして、僕は世界のやさしい無関心に心を開いた。世界を自分とよく似た、いわば兄弟のようなものと感じて、僕は幸福だったし、いまもそうだと思った。

（『異邦人』第二部第五章）

幸福な死刑囚

第二部第四章の終わりで死刑を宣告されたムルソーは、続く第五章で、独房でひとり、死刑制度やギロチンについて、上訴や恩赦の可能性について、さらには死刑を見物に行った父親について思いを馳せます。やがて、彼は、面会を拒否したにもかかわらず、独房に入ってきた聴聞司祭と話すうち、突然怒り出し、司祭につかみかかります。守衛に引き離され、司祭が出て行ったあと、ムルソーは独房のベッドに身を投げ、しばらく眠ります。星明かりを顔に受け、目を覚ました彼は、久しぶりに母親のことを考え、「世界のやさしい無関心に心を開」き、「僕は幸福だったし、いまもそうだ」と言います。しかし、処刑を目前に控えた状況の中で、なぜ幸せだなどと言えるのでしょう。『異邦人』という作品の意義は、死刑囚の幸福というこの逆説にかかっていると言っても過言ではないように思えます。

最終章のもつ意味

『異邦人』の最終章は、内容的にはもちろん、語りの形式から見ても、それまでの章とはまったく異なっています。『異邦人』第一部では、ムルソーの日常が、まるで日記をつけているかのように、その日その日に書き留められる形式で語られているのに対し、第二部では、勾留から判決にいたる十一ヶ月が、あとから回想されるという形、すなわち小説形式で語られているということがよく言われますが、最終章は「日記」でも「小説」でもない第三の形式――ムルソーの内面の動きをリアルタイムで伝える「内的独白」の形式によって書かれていると言っていいでしょう。

カミュは、「この本の意味はまさに第一部と第二部の平行関係にかかっている」と、『手帖』に書いています。第一部では、ムルソーが生きた現実がそのままに語られるのに対し、第二部では、同じ現実が法廷で言語によって再構成されており、その二つの現実のズレを明らかにし、社会や言語のもつ本質的な虚偽を暴くところに、『異邦人』の意義があるということでしょう。そのことに異論を唱えるつもりはありませんが、最終章は、そのような「平行関係」を超える別の何かを作品に与えているように思えます。そういうことから、この最終章を、カール・A・ヴィジアニは「『異邦人』第三部」と呼び、ベルナール・パンゴーは「コーダ」と呼んでいます。

カミュは、ムルソーと聴聞司祭との対話を「考慮に入れない」と書評に書いた批評家に対して、『手帖』の中で、次のように書いています。

文芸批評家A・Rへの手紙（実際に送る予定ではない）。
……あなたの批評の「……は考慮に入れない」という一節には、大いに驚かされました。すべての芸術作品の中にある練り上げられたものを敏感に察知する見識ある批評家が、ある人物の描写において、その人物が自分について語り、その秘密の一部を読者に打ち明ける唯一の瞬間を考慮に入れないというようなことが、一体どうして起こりえるのでしょうか。そして、この結末はまた、ひとつの収斂であり、私が描いた断片の寄せ集めのような人間が、ついにひとつにまとまる特権的な場所であることを、どうしてあなたは感じなかったのでしょう。

物語というものは、すべて結末をめざして語られるものです。従来の小説作法におさまらない新しいタイプの小説である『異邦人』も、その点では、例外ではありません。以下では、ムルソーはなぜ「僕は幸福だったし、いまもそうだ」と言うのか、死刑囚が幸福だなどということがありえるのか、もしありえるとすれば、彼を幸福にしているものは何かという問題について考えてみたいと思います。

ムルソーと聴聞司祭

ムルソーは、聴聞司祭に向かって怒りを爆発させる場面で、はじめて無関心のヴェールを脱ぎ、感情をあらわにしている訳ですが、彼はなぜ突然怒り出すのでしょうか。それを考えるために、ムルソーと聴聞司祭のやりとりをシナリオ風にまとめてみました。


(司祭、独房に入り、ベッドに腰を下ろす。長い沈黙)

「なぜ私の訪問を断ったのか」——「神を信じていないからだ」

「本当に確信があるか」——「自分に問うまでもない。それはどうでもいいことに思える」

(壁にもたれ、両手を腿の上に置いて)「自分では確信があるつもりでも、実際にはそうでないこともある」——(ムルソー、返答せず)

「どう思うか」——「そういうこともあるだろう。いずれにせよ、僕は、自分が本当に何に興味があるかについては確信がもてないかもしれないが、自分が何に興味がないかについては確信をもっている」

(ムルソーから目をそむけて)「絶望のあまりそんなことを言うのではないか」——「絶望はして

いない。怖いだけだ。それは当然のことだ」

「だとすれば、神が助けてくれるだろう。私の知る人はみな、あなたのような場合、神に顔を向けた」——「それは彼らの権利だ。彼らには時間があった。僕は助けてもらいたいとは思っていないし、自分の興味のないことに興味をもつような時間はない」

（司祭、苛立った様子で、立ち上がり、僧衣のしわを伸ばす）

（ムルソーを「わが友」と呼んで）「あなたが死刑囚だから、このようなことを言うのではない。われわれはみな同じ死刑囚だ」——（司祭のことばをさえぎって）「同じではないし、そんなことは慰めにはならない」

「たしかにそうだ。しかし、いま死ななくとも、いつかは死ぬことになる。そのとき同じ問題がもちあがるだろう。どのようにして恐ろしい試練に立ち向かうのか」——「いまそれに立ち向かっているのとまったく同じように立ち向かうだろう」

（司祭、立ち上がり、ムルソーの目を正面から見つめる）

「では何の希望ももたず、死ねば終わりだと思って生きているのか」——「そうだ」

（司祭、再びベッドに腰を下ろす）

「気の毒な人だ。それは人間にとって耐えられないことだ」——（ムルソー、答えず、天窓の下へ行き、壁にもたれる）

「あなたの上訴は認められると思う。しかし、あなたはあがなうべき罪の重みを背負っている。人間の裁きはなにものでもない。神の裁きがすべてだ」――「僕に刑を宣告したのは人間だ」

「人間の裁きは罪を洗い清めない」――「罪とは何か、僕にはわからない。僕はひとから罪人だと言われただけだ。僕は罪人だから償いをする。それ以上のことを僕に求めることはできないはずだ」

（司祭、再び立ち上がり、ムルソーに一歩近づく）

（ムルソーを「わが息子」と呼び）「あなたは間違っている。ひとはあなたにそれ以上のことを求めることができるし、げんに求めるだろう」――「どんなことを？」

「見ることをだ」――「何を？」

（周囲を見回して）「ここの石はどれも苦しみの汗をかいている。これを見るといつも私は心が騒ぐ。あなたたちのうちの最も惨めな者でさえ、この石の暗黒の中から聖なる顔が生じるのを見たのだ。その顔を見てもらいたい」――「僕は何ヶ月も前からこの壁を見つめている。僕がこの世でこれほどよく知っているものはほかにない。随分前、僕はこの壁にひとつの顔を求めた。それはマリイの顔だ。しかし、無駄だった。いまではそれも終わった。いずれにせよ、石から何かが出てくるのを見ることはなかった」

（悲しそうにムルソーを見つめ）「抱擁してもいいか」――「いやだ」

（壁に歩み寄り）「それほどまでにこの地上を愛しているのか」――（ムルソー、返答せず）

（ムルソーの方を振り向いて）「あなたの言うことは信じられない。あなたも来世を願ったことがあるはずだ」――「もちろんあるが、それは金持ちになりたいとか、もっと早く泳げるようになりたいとか、もっと格好のいい口をもちたいとかいうのと同程度の重要性しかもたない」

（ムルソーのことばをさえぎって）「来世をどのようなものだと思っているのか」――「現世を思い出すことのできるような生活だ。もうたくさんだ。僕には時間がないのだから、それを神のことで無駄にしたくない」

「なぜ私を「わが父よ」と呼ばないのか」――（いらいらして）「あなたは僕の父ではないからだ。あなたは他の人たちの側にいる」

（ムルソーの肩に手をかけて）「いや、わが息子よ、私はあなたとともにいる。あなたは心が盲いているからそれがわからないのだ。あなたのために祈ろう」

このやりとりの直後に、ムルソーは突然、怒りを爆発させ、叫びはじめます。カミュは、「私の人物に破綻がないことに気づいてもらいたい。この章［最終章］においても、他のどの部分においても、彼はただ単に問いに答えるだけである」と『手帖』に書いていますが、実際、ムルソーは、一貫して司祭の問いに答えるだけであり、馬鹿正直ともとれるし、木で鼻をくくったようなともとれるような答え方をしています。この対話のどこにムルソーの激しい怒りを引き起こすものがあるのでしょうか。

どんなに温厚な人間でも、怒ることはあります。我慢に我慢を重ねて、もうこれ以上はだめだという瞬間があり、そんなときには、ほんの些細なことが引き金となるものです。重荷の上の藁一本はラクダの背をも折るというやつです。もともとムルソーは司祭に会うのがいやで、三度にわたって面会を拒否しており、いつも愛想のいい彼には珍しく、会話の最中、苛立ちを態度に出したり、そっぽを向いて格子越しに空を眺めたり、ひとりにしてくれと言おうとしたりしています。そこへさらに、抱擁を断ったのに、司祭が彼の肩に手を置いたことや、「あなたは僕の父ではない」と言ったのに、「わが息子よ」と呼んだことが加わり、ついに爆発したのかもしれません。しかし、それでもなお、突然、あれほど激しい怒りをあらわにするのは、奇妙な感じがします。

カミュのキリスト教観

ムルソーの怒りには、作者であるカミュのキリスト教に対する批判や嫌悪が反映されていると考えるべきでしょうか。カミュは生涯、キリスト教に対して一定の距離をとり続けました。晩年のカミュはキリスト教に近づいており、もし交通事故で死ななければ、カトリックに入信したのではないかと言う批評家もいるようですが、そういうことを言う批評家は、大抵、自身が敬虔なカトリック信者であり、ひいきのひき倒しのようなものですから、あまり信憑性はないように思います。

カミュ自身のことばによれば、キリスト教の教義の中で彼がどうしても受け入れられないのは、来世への信仰であるとのことで、エセー集『結婚』の「ジェミラの風」では、次のように書いています。

私がこの世のありとあらゆる「もっとあとで」を執拗に拒むのは、現在の私の富を断念しないことが重要だからである。死が別の生に向かって開かれていると信じることは、私にとって嬉しいことではない。それは私にとって閉ざされた扉だ。越えるべき敷居だと言っているのではない。おぞましく汚い冒険だと言っているのだ。

もうひとつ、同じ『結婚』の「アルジェの夏」の一節も挙げておきましょう。

私にはよく理解できなかったことばがいくつかある。例えば、罪ということばだ。〔……〕なぜなら、生に対する罪というものがあるとすれば、おそらくそれは生に絶望することより、むしろ別の生を望み、この生［＝現世］の容赦のない偉大さから逃げることだからである。

カミュにとっては、この地上の生がすべてであり、来世を望むことは、偽りの慰めであり、現世への裏切りなのです。ムルソーはいかなる意味でも作者カミュの「分身」ではありえませんが、彼がこのようなカミュの思想を分け与えられていることは、司祭に対する彼の返答からも明らかでしょう。

とはいえ、それが司祭に対するムルソーの激しい怒りの理由であるというのは、納得できない気がします。キリスト教に反発するのであれば、第二部第一章で予審判事が銀の十字架を持ち出し、神について熱意を込めて語った場面で、もっと何らかの反応があってしかるべきであるように思えますが、ムルソーは面倒くさくなり、予審判事の言うことを是認するふりをします。予審判事はムルソーが自分の信念を認めたのだと満足し、次の審問からは、ムルソーに「アンチキリスト」というあだ名をつけ、うちとけた様子で話すようになり、ムルソーは自分がまるで「家族の一員」であるかのような印象を受けるようになります。

もちろん、そのときとは事情が違い、最終章でのムルソーは死と向き合うことを余儀なくされている訳ですが、罪を追及する立場にある予審判事にはあらがわず、彼を慰めるために来世を説く司祭にのみ怒りをあらわにするというのは合点がいかない気がします。

『異邦人』にカミュの思想というか、社会や既成道徳に対する批判や憤りが込められていることは、すでに述べた通りですが、それはムルソーが作者にかわって自分の考えを述べるという形ではなく、ムルソー自身は何も言わないことによって、読者に感じさせるという形で表現されているはずです。カミュのキリスト教観によって、ムルソーの怒りを解明するのは、むずかしそうです。

作者の介入

ムルソーの態度の豹変について、M・G・バリエは、「ムルソーが変わったのだと言うこともできる。しかし、また、カミュが彼の声に自分自身の声を重ね、登場人物以上に強く叫んでいるのだと言うこともできる。この調子の変化は、文体の激変となってあらわれている。語り手は、無関心から雄弁な詩情へと移行するのである」と述べています。バリエによれば、ムルソーが司祭に向かって怒りを爆発させる箇所で用いるレトリックは、彼がそれまでに見せてきた言語の運用能力をはるかに上回るものであり、作者カミュの語りへの介入が感じられるというのです。

そして、そのことは作者自身も認めているように思えます。カミュは、『手帖』の中で、次のように述べているからです。

聴聞司祭に対して、私の異邦人は自分を正当化しようとはしません。彼は怒り出します。それはまったく別のことです。説明しているのは私だと、あなたはおっしゃるでしょうか。その通りです。私はじっくり考えました。私は、自分の登場人物が日常的で自然な道筋を通って、ただひとつの大きな問題に直面することを望んだから、そう決めたのです。

だとすれば、司祭に対する激しい怒りは、作者カミュが語りに介入し、ムルソーを「ただひとつの大きな問題」、すなわち幸福の問題に導くための方便にすぎないことになるように思えます。その意味では、重要なのは怒りの中身ではなく、怒りが物語の方向を大きく変えることであると言えるかもしれません。

私自身、ムルソーの叫びの迫力はすばらしいと思いますが、その内容は何を言わんとするものかよくわからないというのが正直なところで、論理に乏しく、矛盾も多いように思えます。例えば、ムルソーは「誰もみな特権者だ。特権者しかいないのだ。他の人たちもまたいつか死刑を宣告されるだろう。彼〔司祭〕もまたいつか死刑を宣告されるだろう」と言っていますが、これはその少し前に司祭が「われわれはみな同じ死刑囚だ」と言ったとき、「同じではない」と答えたことと矛盾するように思えますし、「すべては等価値だ」と言っておきながら、マソンのことを「レエモンよりすぐれている」と評するのも、矛盾しているように思えます。

しかし、重要なのはそこではありません。ムルソーは最後の場面で、「あの大きな怒りが僕の中から悪を排出し、希望を空《から》にしたかのように、［……］僕は世界のやさしい無関心に心を開いた」と言います（「悪」と「希望」が同列に並べられているのは、少し奇妙な感じがするかもしれませんが、カミュにとって、「希望」は、未来をあてにするという点で、現在に対する裏切りであり、悪しきもの、排斥すべきものなのです。『結婚』に収められたエセー「アルジェの夏」の中で、カミュは、ギリシャ神話の「パンドラの箱」の物語をもじって、「人間の悪がうごめくパンドラの箱から、ギリシャ人たちは、最後に、一番恐ろしい悪として希望を出てこさせた。私はこれほど感動的な象徴を知らない。なぜなら、希望は、一般に考えられているのとは逆に、諦めに等しいからだ。そして、生きるということは、諦めないことなのである」と書いています）。司祭に対する怒りは、胸の内にたまった澱や膿みを取り除き、ムルソーを純化して、ある種の啓示――宗教的な意味ではなく、あくまで地上的な意味での啓示――を受けやすくする、そしてそうすることによって「僕は幸福だったし、いまもそうだ」と断言することを可能にするという役目を果たしているように思えます。

前章で述べたように、ルネ・ジラールは、ムルソーのアラブ人殺害は「無垢なる殺人者」という逆説を可能にするための装置であると言っています。その論法を用いるならば、司祭に対するムルソーの怒りは「幸福な死刑囚」という逆説を可能にするための装置と言えるのではないでしょうか。いずれの場合も、作者は、ムルソーの危機的な状況を利用して、語りに介入し、物語を自分の望む方向へ導いているのです。逆に言えば、殺人と同じく、怒りもまた、ムルソーの心理的必然性に基づいて起きるのではなく、物語の外にある作者の意図なり都合なりによって起きるのだということになるでしょう。

カミュの作品における幸福

『異邦人』のラストで、「僕は幸福だったし、いまもそうだ」という形で、「幸福」ということばがあらわれるのは、非常に唐突であるように思えるかもしれません。ざっと読むかぎり、『異邦人』の中で、それまで幸福の問題がとりあげられた箇所はほとんどないからです。しかし、幸福はカミュの作品の一貫したテーマであり、最も重要なテーマであると思われます。

カミュは、一九五一年、『レ・ヌーヴェル・リテレール』誌五月号のインタビューの中で、「私の中にある本質的なものを探すことがあるとすれば、そこに見つかるのは幸福への志向です」と言っています。幸福を求める気持ちは、無論、誰もがもっているものでしょうが、カミュほど、一貫して幸福について書き続けた作家は珍しいのではないかと思います。

『幸福な死』は、その題名が示す通り、幸福追求の物語であり、主人公パトリス・メルソーは、死の中に幸福を見出し、「不動の世界の真実」へと戻っていきます。戯曲『カリギュラ』で、主人公のローマ皇帝カリギュラは、暗殺される直前、「幸福にも二種類ある。俺は殺人者の幸福を選んだのだ。そう言えるのも、俺はいま幸せだからだ。〔……〕この地の果てにあるのは、不毛ですばらしい幸福だ」と言います。『異邦人』の五ヶ月後に出版された哲学的エセー『シーシュポスの神話』は、自殺と不条理に関する考察から始まりますが、最終的には「世界の不条理性を支えることには、形而上的幸福がある」として、幸福に関する考察に到達し、「シーシュポスは幸福だと想像しなければならない」という一文で終わります。

幸福の問題は、「反抗の連作」と言われる中期の作品にも見られます。ナチスの占領とそれに対するレジスタンスを寓話の形で描いた小説『ペスト』で、ペストと闘う医師リウーは、ある夜、友人のタルーと港に泳ぎにでかけ、「奇妙な幸福感」に満たされ、タルーの顔の上にも同じ幸福を見出します。また、晩年に書かれた小説『転落』は、パリで高名な弁護士として人生を楽しんでいたジャン＝バティスト・クラマンスが、ある夜、橋の上からセーヌ川に身を投げた女性を見殺しにしたことから、自分を許せなくなり、すべてを捨てて、アムステルダムの場末のバーに流れてくるという物語で、その意味では、幸福喪失の物語と言えますが、クラマンス自身は、「私は幸せだ。幸せだと言っているんです。私が幸せだと信じないことを禁じます。私は死ぬほど幸せなんだ」と叫びます。

幸福のテーマは、小説であれ、戯曲であれ、エセーであれ、カミュの作品の根底につねに鳴り響いているように思えます。では、カミュにとって、幸福とは何なのでしょう。

世界との同一化

カミュは『裏と表』の序文の中で、「私にとって、貧困は決して不幸ではなかった。光がその富をまき散らしていたからである」と述べています。貧しい少年であったカミュにとって、世界が彼に提供する海、太陽、浜辺、花、樹木は、唯一にして最大の富でした。家の中はみすぼらしくとも、一歩外に出れば、地中海の美しい自然が、彼を満たしてくれたのです。

エセー集『結婚』には、そのような幸福の瞬間が数多く描かれています。「朝の太陽のもと、大いなる幸福が大気の中で揺れている」海辺の遺跡チパザで、カミュは服を脱ぎ捨て、海に飛び込みます。

私はここで、ひとが栄光と呼ぶものを理解する。それは、節度なく愛する権利のことだ。この世には、たったひとつの愛しかない。女の体を抱きしめることだ。それはまた、空から海へと降りてくるあの不思議な歓びをわが身に引き止めることだ。

チパザにて。左からカミュ、クリスティアーヌ・ガランドー、イヴォンヌ・ミアロン、マドレーヌ・ジョソー。

また、同じ『結婚』の「アルジェの夏」では、アルジェの港で泳ぐ貧しい若者の裸体と、彼らの「安直な幸福に対するすばらしい順応性」を賞賛し、次のように書いています。

大地との絆、何人かの人間への愛を感じること、心が一致を見出す場所がつねにあると知ること、それだけですでに、ひとつの人間の生にとっては、十分すぎるほどの確信である。〔……〕プロチノスが願っていたこのような結合を、この地上に見出すことに何の不思議があろう。合一はここでは、太陽と海のことばで表現される。それは、その苦さと偉大さを形成する肉体の味わいによって感じられる。超人的な幸福などないということ、日々の曲線のほかに永遠はないということを、私は知る。

だから、彼は『結婚』の最後のエセー「砂漠」で、「世界は美しい。世界をよそにして救いはない」と宣言するのです。『結婚』は、カミュが世界によせたラブコールであり、その題名が示すように、人間と世界の幸福な「結婚」を描いた作品であると言えるでしょう。

カミュにとって、幸福とは、何よりまず、世界とひとつになることでした。『異邦人』も、このような文脈の中で理解する必要があるでしょう。ムルソーの幸福もまた、世界との同一化から生まれたものにほかならないのです。

メルソーの幸福

ムルソーの幸福について考えるうえで、特に興味深いのは、『幸福な死』のパトリス・メルソーとの比較です。

『幸福な死』は、『異邦人』の母胎となった作品であると言いましたが、実際には『異邦人』とはかなり毛色の違う作品です。主人公がアルジェに住む独身サラリーマンであること、その主人公が殺人を犯すこと、死を目前にして幸福に到達することは同じと言えるかもしれませんし、主人公が日曜日を自宅のバルコニーで過ごす部分に同じテクストが使われていることはすでに述べた通りですが、それ以外、まったくと言っていいほど共通点はありません。語りの点でも、『異邦人』が一人称小説で、複合過去形が多用されているのに対し、『幸福な死』は伝統的な三人称小説で、単純過去形が多用されています。

第1章でも述べたように、メルソーは、ムルソーとほとんど同じような平凡で単調な生活を送っています。しかし、彼は、ムルソーとは違い、自分の生活がいやでたまりません。彼は自分を、日常に埋没し、世界から切り離された不幸な存在だと感じているのです。

あるとき、メルソーは、交通事故で両足を失った富豪ザグルーと知り合い、友人になります。

ザグルーは、人生に絶望し、死にたがっているのですが、自殺する勇気がありません。そこで彼は、メルソーに、幸福への意志はすべてを正当化すると言い、幸福になるためには時間が必要であり、時間は金で買えると言って、暗に、自分を殺して、金を奪うよう教唆します。

ザグルーの教えに従い、自殺に見せかけて彼を殺害したメルソーは、仕事をやめ、奪った金で、チェコスロヴァキアのプラハに行きます。しかし、見知らぬ街にひとりでいるうち、激しい孤独と不安に苛まれるようになり、滞在を切り上げ、オーストリアのウィーンとイタリアのジェノヴァを経由し、アルジェに戻り、「世界を臨む家」と名付けられた海を見下ろす高台の家で、三人の女子大生カトリーヌ、ローズ、クレールと一緒に暮らしはじめます。

彼はそこで親しい友人とともに世界を前にして生きる歓びを感じますが、それは一時的な休息にすぎません。彼は「世界を臨む家」を出て、リュシエンヌという女性と結婚し、チパザの近くに家を買いますが、そこには彼ひとりで住み、会いたくなったときだけ、アルジェからリュシエンヌを呼び寄せます。随分勝手な話ですが、プラハと「世界を臨む家」での滞在から、彼は、孤独の中に幸福はない、しかし、愛や友情の中にも幸福はないということを学び、どちらに対しても距離を置こうとしているようにも思えます。

やがて、メルソーは、ザグルーを殺害した日にかかったと思われる肋膜炎を悪化させ、ひと冬、自宅で療養生活を送ります。回復期にあったある春の夜、彼は花盛りの山の斜面に誘われ、チパザの廃墟を散歩します。「絹のようなざわめきに満ちた空の沈黙」と「世界にかかったミルクのような」夜を前にして、「すべてに対し、自分自身に対しても無関心」となったメルソーは、「自分が求めていたものにやっと到達した」と感じて、「彼の中に残っている過去を黙らせ、深いところから湧き出る幸福の歌を生み出す」ために、服を脱ぎ捨て、夜の海で泳ぎます。世界とひとつになり、幸福感に満たされて泳ぎ続けるうち、彼は、岸から随分遠いところまで来てしまったことに気づきます。一瞬、自殺の誘惑が心をかすめますが、彼は「肉体の大いなる歓喜の中で」それを斥け、浜へと向かいます。しかし、突然、冷たい水流に入り込み、悪寒に襲われ、やっとの思いで家に戻り、肘掛け椅子に倒れ込みます。

翌朝、メルソーは、ちょうどその日来ることになっていたリュシエンヌに医者を呼ばせますが、病状は悪くなる一方です。彼は、リュシエンヌのふくらんだ唇と、その背後にある「大地の微笑」を、「同じ視線、同じ欲望」で見つめながら、死んでいきます。

こうしてメルソーは、ザグルーを殺害した日にかかったと思われる肋膜炎で死ぬ訳ですが、そこに因果応報を見るのは、作品のもつ意味をゆがめることになるでしょう。メルソーは、ザグルー殺害の罰を受けて死ぬのではなく、「歓喜にひたりながら、不動の世界の真実に戻って」いくのです。彼は死によって世界と完全に同一化したと考えるべきでしょうし、題名が示す通り、「幸福な死」をなしとげたと考えるべきでしょう。死は、彼が本当に幸福になるための必要条件だったとさえ言えるかもしれません。

直線構造と円環構造

『幸福な死』は、主人公パトリス・メルソーが幸福を手に入れるまでの軌跡を描いた物語です。迷ったり、立ち止まったりすることはあっても、メルソーは、終始一貫して、世界と一体化し、幸福になるという目標をめざしています。『幸福な死』の構造は探求と獲得の構造であり、直線構造であると言うことができるでしょう。

では、『異邦人』はどうでしょうか。ムルソーには目標と言えるようなものは何ひとつありません。のんべんだらりと、その日その日を過ごしているだけです。パトリス・メルソーが「自分が求めていたものにやっと到達した」と考えるのに対して、ムルソーは「僕は幸福だったし、いまもそうだ」と言います。彼は幸福を獲得した／幸福になったのではなく、失われた幸福を取り戻したと言えるでしょうし、無意識に享受していた幸福を最後の瞬間に認識したとも言えるでしょう。

そのことは、第一部第一章の母親の葬儀の場面で使われた「憂いに満ちた休戦」という表現――「空に近い丘まで続くこの糸杉の線、赤茶色と緑色のこの大地、ところどころにある輪郭のはっきりしたこの家々を通して、僕はママンを理解した。このあたりでは、夕暮れは憂いに満ちた休戦のようなものにちがいない」――が、結末で「あそこでは、あそこでもまた、いくつもの命が消えていくあの養老院のまわりでは、夕暮れは憂いに満ちた休戦のようなものなのだ」という形で繰り返されていることからも言えるように思えます。

第一部第一章では、右の引用に続けて、ムルソーは「今日は、あふれる太陽の光が、風景を震えさせ、非人間的で沈鬱なものにしていた」と述べていますが、この日、太陽の光にさまたげられ、予感や推測にとどまっていたものを、ムルソーは独房で「しるしと星に満たされた夜」を前にして、実感し認識したのではないでしょうか。「夕暮れは憂いに満ちた休戦のようなものにちがいない」という言い方が、「夕暮れは憂いに満ちた休戦のようなものなのだ」と断言に変わることは、そのことをあらわしているように思えます。

『異邦人』における「幸福」「不幸」ということばの使い方からも同じことが言えるように思えます。テクストの中で、「幸福（bonheur）」という名詞は二回、「幸福な（heureux）」という形容詞は七回、「不幸（malheur）」という名詞は六回、「不幸な（malheureux）」という形容詞は七回使われていますが、私がとりあげたいのは、次の三ヶ所です。

最初は、支配人からの栄転の申し出を断る場面で、ムルソーはここで「よく考えてみると、僕は不幸ではなかった」と考えています。次は、アラブ人殺害の場面で、「僕は一日の均衡を、自分が幸せだった浜辺のほかに例を見ない沈黙を壊してしまったことに気づいた。僕は身動きしない身体にさらに四発撃ち込んだ。弾丸は跡を見せずに身体の中に入っていった。それはまるで不幸の扉をたたく四つの短い音のようだった」というところです。最後は、先ほどからわれわれがとりあげているラストシーンの「僕は幸福だった」です。

この三つの引用は、幸福だった——あるいは少なくとも不幸ではなかった——ムルソーが、銃声とともに幸福を失い、独房で幸福を取り戻したことを示すものではないでしょうか。すなわち、ムルソーの物語は、円環構造をなしていると考えることができるのです。

そのことは、物語の主要な出来事が起こる時間帯にも反映されているように思えます。物語は、ムルソーが母親の死を知らせる電報を受け取るところから始まりますが、それは出勤前の朝の出来事です。また、ムルソーがアラブ人を殺害するのは、午後二時のことです。彼が独房で「僕は幸福だったし、いまもそうだ」と言うのは、夜のことです。そして、彼の死刑が執行されるのはおそらく早朝のことでしょう。このように見ていくと、『異邦人』の主要な出来事は、朝、昼、夜、そして早朝という具合に、一日の流れ——サイクルをひと回りしていると考えることができるのです。

円環か螺旋か

とはいえ、『異邦人』が完全な円環構造を描いているかというと、必ずしもそうではないように思えます。ムルソーは一旦失った幸福を取り戻す訳ですが、最初の幸福と最後の幸福は完全にイコールではないように思えるからです。

そのことを考えるために、もう一度、『幸福な死』との比較に戻りたいと思います。パトリス・メルソーは、自分が思い描く幸福について、ザグルーに次のように語っています。

もしいままでも僕に時間があったら……僕はなるがまま流れに身を任せるだけでいいでしょうに。そのうえで僕の身に起こることは、そう、みんな石の上に降る雨のようなものです。それは石を冷やしてくれる。それだけですてきなことです。別の日には、石は日光で焼けるように熱くなるでしょう。僕にはいつもそれこそが幸福だと思えてきたのです。

メルソーにとって、幸福とは、「小石」となって、世界に吸収され、その一部となることです。夜の海で泳ぎながら、彼が手に入れたと感じるのは、この「小石の幸福」です。そして、この水浴で病状を悪化させた彼は「小石のなかの小石」となって、幸福に死んでいきます。

「あと一分、あと一秒」と、彼は考えた。上昇が止まった。そして、彼は小石のなかの小石となり、歓喜にひたりながら、不動の世界の真実へと戻っていった。

このようにして、メルソーは自らが求めた「小石の幸福」を完成させ、死んでいきます。先ほど『幸福な死』の構造は探求と獲得の物語であると言いましたが、メルソーの探求は、何かを得て、自分を豊かにして、幸福を手に入れるというものではなく、自分と世界を隔てる障害をひとつひとつ取り除いていき、自分をむなしくし、できるだけゼロに近づけていく探求のように思えます。その意味では、メルソーの幸福には、胎内回帰の願望を読み取ることができるかもしれません。メルソーは、社会的なもの、人間的なものをすべて脱ぎ捨て、母なる大地の胎内に戻っていくのです。

「小石の幸福」

「小石の幸福」というテーマは、カミュの主要テーマのひとつであり、『幸福な死』に見られる

ジェミラの古代劇場（©PANA）

だけではなく、『結婚』、『夏』、『誤解』、『反抗的人間』などにも見られます。

『結婚』の「ジェミラの風」で、アルジェリアの内陸部、砂漠の中にある遺跡ジェミラを訪れたカミュは、「風に磨かれ、魂まですり減らし」、「小石のなかの小石」となって世界とひとつになります。

間もなく、世界の四隅に拡散され、すべてを忘れ、自分からも忘れられた私は、この風となり、風の中で、この石柱となり、このアーチとなり、熱い匂いがするこの石畳となり、ひと気のない街のまわりの青白いこの山々となる。私は、自分自身に対する冷淡さと世界への現存との両方を、これほどまでに感じたことはない。

ここには、欲望を捨て、自我を忘却し、世界と一体となるという、ある種仏教的な「悟り」にも似た神秘的な体験が読み取れるでしょう。

『結婚』とほぼ同時期に書かれ、のちにエセー集『夏』に収められる「ミノタウロス、またはオランの休息」で、カミュは、海辺にありながら、海に背を向け、カタツムリのように渦をまいた形で作られたオランの街を、石に包囲された「倦怠の都」に喩え、「ある時刻、敵方に走りたいという誘惑、石と同化し、歴史とその動乱をものともしない焼けつく非情の世界と溶け合いたいという誘惑のいかに大きなことか」と書いています。

「無と化すこと」、何千年もの間、この大いなる叫びが何百万人もの人間を欲望と苦痛に対する反抗に立ち上がらせた。そのこだまは、時代と大海を超えて、世界で最も古い海の上を渡り、ここまで来て死んだのだ。こだまは、いまもオランの粒子のつまった岸壁にあたり、鈍い音をたててはねかえっている。この国では、誰もが、知らず知らずのうちに、その忠告に従っている。

カミュによれば、オランの住民たちは、「大地がわれわれにふりまく眠りへの誘い」にのり、石と化しているのです。

戯曲『誤解』では、同じ「小石の幸福」が否定的なニュアンスでとりあげられています。夫ジャンを殺され、絶望して、神に救いを求めるマリアに、ジャンの妹マルタは、次のような呪いのことばをかけます。

マルタ　［……］石と同じようにしてもらうよう、あなたの神さまに祈りなさいよ。それこそが、神さまが自分のためにとっている幸せ、ただひとつの本当の幸せよ。神さまと同じようになさい。どんな叫びも聞こえないようにして、間に合ううちに、石の仲間入りをなさい。

石になるということは、心を閉ざし、何も感じなくなることであり、歓びに対しても、苦しみに対しても無感覚になるということです。それが幸福なのかと言われると、にわかにはうなずけない気もしますが、たえがたい苦しみに襲われた人間にとって、それは、自らの身を守るただひとつの手段なのかもしれません。

哲学的エセー『反抗的人間』では、ギリシャの快楽主義哲学者エピキュロスの思想と結びついた形で「小石の幸福」がとりあげられています。

存在とは石である。エピキュロスの語る奇妙な快楽は、とりわけ苦痛の不在にある。それは小石

コラム5　カミュ‐サルトル論争

一九五二年五月、前年に出版されたカミュの『反抗的人間』の書評を雑誌『レ・タン・モデルヌ』に書くよう編集長のサルトルから依頼を受けたフランシス・ジャンソンは、革命には「限度」がなければならない、「限度」を忘れた革命は独裁へと堕落すると説いたこのエセーを反動的、反革命的として激しく批判しました。カミュはそれに対して反論の手紙を送りますが、送り先が『レ・タン・モデルヌ』の編集長あてであったため、サルトルとの論争へと発展します。サルトルは論争の中で、カミュの思想だけでなく、出自や人格に関してまで、かなり辛辣なことを書き、カミュはかつて親しい友人であったはずの人物から、そのような批判を受けたことに深く傷つき、文壇で孤立を深めていきました。

カミュ‐サルトル論争は、文学論争ではなく、革命と暴力の問題をめぐる政治論争です。当時の政治的風潮から、古い解説書には、論争はサルトルに理があったと書かれていることがありますが、ソ連が崩壊し、革命や共産主義といったものに夢を抱くことが少なくなった現在から振り返れば、別の見方ができるかもしれません。

の幸福だ。エピキュロスは、[……]運命を逃れるために、感受性を殺すのである。

快楽主義者であるエピキュロスが感受性をなくすことを主張するというのは、奇妙な感じがするかもしれませんが、人生には歓びよりも苦しみの方が多く、歓びがつかの間のものであるのに対し、苦しみは長く続くものだとすれば、究極の快楽は「苦痛の不在」にあるということになるのは、ある意味で当然かもしれません。

最後に、『シーシュポスの神話』の一節を引用したいと思います。

もし私が樹々のなかの木であれば、動物たちのなかの猫であれば、この生は意味をもつであろう。というか、むしろ、そのような問題は意味をもたなくなるだろう。なぜなら、私はこの世界の一部だということになるからだ。

ここでは、「小石のなかの小石」という言い方はしていませんが、「樹々のなかの木」、「動物たちのなかの猫」という言い方が、それに準ずるものであることは明らかかと思います。

人間の不幸や苦悩は、人間がものを考え、世界と自分との分裂や乖離を意識するところから来ます。しかし、もし、何も考えず、世界と自分の乖離に気づかずに生きることができるならば、人間はいつまでも世界とひとつのままでいられるし、幸福であり続けることができるはずです。『シーシュポスの神話』は、それは不可能だという前提に立っているのですが、メルソーはそれをめざしている訳です。

「小石の幸福」とは、感受性をなくし、一切のものに無感覚になることであると同時に、自我を捨て去り、〈もの〉となって、世界に飲み込まれること、世界の一部となることにほかならないと言えるでしょう。

世界との兄弟関係

では、ムルソーはどうでしょうか。アラブ人殺害以前のムルソーは、平凡な日常に満足し、別の生活がありえるなどとは思ってもおらず、海へ泳ぎに行ったり、仕事帰りに海沿いの道を散歩しながら女たちを眺めたり、果ては会社のトイレで乾いた回転式タオルで手を拭いたりといった些細なことに歓びを感じています。幼い子どものように、目の前にある感覚的なものだけに執着し、将来のことなど考えず、その日その日を生きているムルソーは、完全に世界の一部として、「苦痛の不在」の中で生きていると言えるのではないでしょうか。

『幸福な死』のメルソーは、世界に近づくために、欲望や感情を投げ捨てます。しかし、ムルソーには投げ捨てねばならないものなど、最初からありません。ムルソーは、メルソーが夢みた「小石の幸福」を最初から実現しているように思われます。その意味では、『異邦人』は、『幸福な死』が終わるところから始まると言っていいのではないでしょうか。

さらに、物語の最後でムルソーが見出す幸福は、「小石の幸福」とは似て非なるもののように思えます。彼は「小石のなかの小石」となって世界に飲み込まれるのではなく、「世界を自分とよく似た、いわば兄弟のようなもの」と感じて世界とひとつになるからです。すなわち、『幸福な死』では、人間が自分を〈もの〉化し、非人間化して、世界に近づき、世界の中に入っていきますが、『異邦人』では、世界が人間化されるのです。人間と世界が一体となるという点では同じですが、その方向は正反対であると言えるでしょう。

世界が「自分とよく似た」、「兄弟のようなもの」であるということは、ムルソーと世界が対等であることを意味します。ムルソーは、メルソーのように、母なる大地に抱かれ、その一部となるのではありません。世界と対等の立場で同一化するのです。メルソーの場合、世界がすべてであり、人間はその一部にすぎません。数式であらわすなら、世界∨人間、あるいは世界∪人間ということになるでしょう。それに対し、ムルソーの場合は、世界と人間は同等です。メルソーの「小石の幸福」が自己の縮小あるいは抹殺による大地への回帰であるのに対し、ムルソーの幸福は、自己を拡大し、世界と兄弟関係を結ぶことにあるのです。

『幸福な死』は、現実否定の物語であり、現実からの脱却の物語です。メルソーは、自らの貧しさや一日八時間の労働や交友関係を否定し、なんとかしてそこから抜け出そうとします。それに対して、『異邦人』は、現実肯定の物語です。死刑を宣告されたムルソーは、自分が失ってしまった生活の価値を認識し、全面的に正当化するのです。殺人―裁判―死刑判決というプロセスは、無自覚に生きていた現実に価値を与えるために必要な試練だったと言うべきかもしれません。

カミュはある手紙の中で次のようなことを書いています。

作家というものはすべて、進歩すると同時に、同じことを繰り返すものです。思想の進展は、上昇であれ、下降であれ、直線的に動くものではなく、螺旋に従って動くものです。すなわち、思想は、前に通った道を再びたどるのですが、同時にその道を上から見下ろすことになるのです。

この文はカミュが自分の哲学的作品について語ったものですが、『異邦人』にも当てはまるのではないでしょうか。ムルソーは失われた幸福＝世界との同一化を取り戻す訳ですが、それは世界の一部としてまどろんでいた自分に戻るということではなく、より高次の同一化を達成することなのです。先ほど、『異邦人』の構造は円環構造であると言いましたが、その言い方を少し修正し、螺旋構造であると言うべきだと思われます。

母親との和解

以上、世界との同一化という観点からムルソーの幸福について考えてきましたが、最後にもう一度、母親の問題に触れておきましょう。母親との関係の修復、和解をぬきにして、ムルソーの幸福を語ることはできないからです。

物語の最後、星明かりで目を覚ましたムルソーは、久しぶりに母親のことを考え、「世界のやさしい無関心」に心を開きます。「無関心」というのは、「冷淡さ」や「非情さ」、「愛情の欠如」といった否定的なニュアンスをもつことばですが、カミュの作品の中では、もっぱら母親を形容する際に用いられることばであることは、すでに見た通りです。では、なぜそのことばが世界に使われているのでしょうか。そしてまた、なぜそのような否定的なことばに、「やさしい」という肯定的な形容詞がつけられているのでしょうか。

それは、本来、母親の否定的な属性をあらわす「無関心」が、世界に投影されたことで、浄化されているということではないでしょうか。逆に言えば、ムルソーは母親のイメージを付与された世界、いわば象徴的母親たる世界と和解することによって、幸福を感じているということになります。

カミュが、自らの作品の中で、母親の無関心を世界に投影するのは、『異邦人』がはじめてではありません。すでに何度かとりあげた『裏と表』の「諾と否の間」でも、同じような投影が行われています。このエセーでは、ある夜、アルジェ湾を見下ろすカフェにいる「私」の脳裏を、さまざまな思い出がよぎるという形で、子どもの頃住んでいたアパートのことや、夏の夜、アパートの前の通りに椅子を出し、星空を眺めたこと、学校から帰ると、暗い部屋の中で母親が床の溝をじっと見つめていたこと、暴漢に襲われた母親のそばで一夜を過ごしたこと、自分の飼っていた猫が生まれたばかりの仔猫を食べてしまったこと、最近、母親に会いに行ったときに母親とかわした会話などが描かれています。このエセーの中で「無関心」ということばがどのように使われているかを見てみましょう。

私の数え間違いでないかぎり、このエセーには「無関心」という単語が五回使われています。最初の二回は、「遠くに聞こえるのは海のざわめきか。世界は私の方へゆっくりとしたリズムでため息をつき、死なぬものの無関心と静寂を私にもたらす。[……]ある種の秘密の歌がこの無関心から生まれる」という箇所で、「無関心」ということばは、世界について使われています。

次に使われるのは、「毎日そうであるように、世界はここで終わりをつげ、その際限のない苦しみのうち、いまやこの平和の約束以外、何も残ってはいない。あの奇妙な母親の無関心！それの大きさを私に教えるものは、世界のこの広大な孤独しかない」という箇所と、「世界の深遠な意味が感じられるように思えるたび、いつも私を驚かせたのは、その単純さである。私の母親、今夜、そして彼女の奇妙な無関心」という箇所で、ここでは、母親の無関心が世界の無関心と比較され、同列のものとして扱われています。

最後に使われるのは、エセーの終わり近くで、「私は、最後にもう一度、湾とその光を眺める。そのとき私の方へのぼってくるものは、より良き日々への希望ではなく、すべてに対する、そして私自身に対する穏やかで原初的な無関心である」という箇所で、ここで「私」は世界の無関心を取り込み、自らの属性としています。

これらの引用は、まず、母親の無関心が世界に投影されることによって、浄化・美化され、次に、その美化された無関心が世界から母親に投げ返され、最後に、語り手がその無関心を自分のものにするという三つの段階をあらわしているように思えます。その意味で、「諾と否の間」は、三つの無関心――母親の無関心、世界の無関心、「私」の無関心がひとつになる特権的な場であり、息子である「私」が母親の無関心を世界に投影し、象徴的母親となった世界と和解する瞬間を描いていると言うことができるでしょう。

しかし、「私」は、この和解を最後の最後で放棄します。彼は「しかし、このあまりにもゆるんだ、あまりにも安易な曲線は打ち砕かねばならない。そして、私には明晰さが必要だ」と言います。母親や世界の無関心、〈もの〉だけがもつ無関心の深淵に飲み込まれてしまうことが急に怖くなったかのように、「私」は人間の理知にしがみつくのです。

『異邦人』は、母親との和解の試みを「諾と否の間」より一歩進んだ形で描くものではないでしょうか。「諾と否の間」で「穏やかで原初的な」という具合に、否定的でも肯定的でもない、いわばニュートラルな形で形容されていた「無関心」が、『異邦人』のラストでは、「やさしい無関心」という具合に、はっきり肯定的とわかる形で形容されていることは、そのことを示しているように思えます。ここに見られる世界＝母親には、息子を怯えさせるような否定的な要素はひとつもありません。

では、なぜそのようなことが可能となったのでしょう。それは、『異邦人』がカミュの心の傷の解消、あるいは克服に寄与しているからではないでしょうか。すでに述べたように、カミュには思春期に受けた大きな心の傷が二つあります。ひとつは、結核で死に瀕した際、母親が泣いてくれなかったこと、もうひとつは、母親が愛人をつくり、それに反対する叔父と愛人が殴り合いの喧嘩をしたことです。『異邦人』では、この二つの体験がかなり複雑に変形されており、息子が死に瀕しているとき母親が泣かなかったことは、母親が死んだときムルソーが泣かないという形で描かれ、カミュの母親の恋愛は、ムルソーの母親の「婚約」という形で描かれていますが、ムルソーは、物語の最後で、この二つの傷を癒しているように思えます。

第一の点について言えば、『異邦人』は、母親の葬式で泣かなかったために死刑を宣告される男の物語を通して、ひとは愛する者が死んだからといって泣くとはかぎらないということ、泣かないからといって愛していないとはかぎらないということをあらわしている訳ですが、「誰も、誰もママンの死を悲しむ権利はない」というムルソーのことばは、それをさらに進めているように思えます。誰も泣く権利はない、泣いてはならないのなら、泣かなかったムルソーは正しかったことになりますし、ムルソーが正しかったのならば、息子が死に瀕していたとき泣かなかったカミュの母親もまた正しかったということになるからです。『異邦人』は、母親の葬式で泣かなかったムルソーを正当化することによって、間接的に、息子が死に瀕していても泣かなかったカミュの母親を正当化していると言えるのです。

第二の点について言えば、ムルソーは最後に「彼女〔ママン〕がなぜ人生の終わりに「婚約者」をつくったのか、なぜもう一度やり直すふりをしたのかわかるような気がした」と言います。ここで注目したいのは、「ふり」ということばです。ムルソーの母親は、「婚約者」をつくることで、人生を生き直そうとした訳ですが、それが「ふり」でしかなかったということは、「婚約」はおままごとのようなものであり、感情的にも、肉体的にも、母親とペレーズ老人の間には何もなかった、したがって息子が嫉妬したり、裏切られたと感じたりする必要はなかったということになるからです。

『異邦人』の結末は、カミュの母親をそのような二重の意味で正当化しているように思えますし、だからこそムルソーは世界＝象徴的母親とひとつになり、幸福になることができるように思えます。

死刑執行の朝

『異邦人』の結末で、ムルソーは、「僕は幸福だったし、いまもそうだ」と述べたあと、「すべてが成就され、僕の孤独がやわらぐために、あとはただ死刑執行の日に大勢の見物人が集まり、僕を憎悪の叫びで迎えてくれることを望むだけだ」と言います。

先に紹介したルネ・ジラールは、この一文は、ひとに見られたい、世間の注目を惹きたいというムルソーのひそかな欲望をあらわしていると言います。一方、アラン・コストは、ムルソーの父親が死刑を見物に行ったという逸話に注目し、ムルソーは、自分が死刑になれば、父親が見に来てくれるかもしれないという幻想にひたっていると述べています。

どちらも魅力的な仮説ですが、私は別の仮説をもっています。第二部第三章の裁判の場面で、ムルソーは「とびぬけて若く、灰色のフランネルの服を着て、青いネクタイをした」新聞記者が彼をじっと見つめていることに気づき、「まるで自分に見つめられているような奇妙な印象」をもちます。記者は裁判の間ずっとムルソーを見つめ続け、死刑が宣告されるときだけ、眼をそらします。

カミュが『アルジェ・レピュブリカン』の記者として多くの裁判の取材をした経験があることから、この新聞記者は作者の分身であるということがよく言われます。映画監督のアルフレッド・ヒッチコックが、自分の映画の一場面にさりげなく登場するように、カミュも『異邦人』の中にさりげなく自分を登場させているという訳です。

ムルソーが死刑の見物人の中に見つけたいと願っているのは、カミュの分身であるこの新聞記者ではないでしょうか。そして、自分が見出した真実――世界との同一化と母親との和解、そしてそこから生まれる幸福――を伝えたいと思っているのではないでしょうか。ムルソーは死にます。彼には自らが見出した真実を生きる時間はありません。だから、彼は最後に作者にひと目会って、自らの発見をバトンタッチしようとしているのではないでしょうか。ムルソーの真実は、作者に託され、彼の代わりに、作者がそれを生きることになるのです。

ムルソーは、もちろん、カミュが作り出した架空の人物であり、生かすも殺すも、カミュ次第です。しかし、架空の人物の架空の物語が、作者に何かを訴えかけ、作者を変えることもあるのではないでしょうか。カミュは『異邦人』を書くことによって、自分を変え、自分を超えていこうとしたように思えてなりません。『異邦人』はカミュにとって治癒的な価値をもつ作品であると、私は言いましたが、それはそういう意味ですし、われわれ読者がこの作品に感じるカタルシスもそこにあるように思えます。

思うに、作家には三つのタイプがあるような気がします。ひとつは、自分という人間や自分自身の体験を前面に出すタイプ。私小説や告白小説を書く作家がこのタイプです。それに対して、まったく自分というものを出さない――少なくとも読者に感じさせない――タイプの作家がいます。いわゆるストーリーテラー、物語を量産していく作家はこのタイプに属します。第三のタイプとしては、自分自身の体験を極端に変形して書く作家がいます。私にとって、カミュはこの三つめのタイプの作家です。

ムルソーは決してカミュの分身ではありません。また、ムルソーの母親はカミュの母親の分身ではありません。カミュが母親を養老院に入れたという事実はありませんし、母親を亡くしたという事実もありません（カミュの母親はカミュよりも長生きしています）。しかし、『異邦人』には、カミュが思春期のほとんど同じ時期に経験した二つの出来事――結核で死に瀕したときに母親が泣いてくれなかったことと、母親が息子の知らないところで愛人をつくったこと――が投影されています。カミュは自分にとって最も身近で強烈な経験を自分から最も遠ざけた形で描く作家であると言えるのではないでしょうか。

カミュはこの二つの経験の少しあと、恩師であるジャン・グルニエのすすめでアンドレ・ド・リショーの『苦悩』という小説を読み、文学的創造のすばらしさに目覚めたと言っています。カミュが『苦悩』との出会いについて書いた一節は、彼の作品全体を解く鍵であり、彼が書いた文章のなかで最も美しいもののひとつと言っても過言ではないと思います。

私はこのすばらしい本のことをかたときも忘れたことがない。それは、母親や、貧困や、夕暮れの美しい空など、私が知っているものを私に語ってくれた最初の本だった。それは私の心の奥の仄暗いいましめをほどき、名付けえぬまま窮屈に感じていた枷《かせ》から私を解放してくれた。［……］私のかたくなな沈黙、あの茫漠とした至高の苦悩、私を取り巻いていた奇妙な世界、私の身内の者たちの気高さ、彼らの貧困、私の秘密、これらすべては言い表すことができるのだ。

自らの苦しみをことばにすることは、苦しみから自分を解放することです。ことばは、現実を変えることはできませんが、少なくとも現実に対する心の持ち方を変えてくれます。そのとき、苦しみはもはや耐えしのぶものではなくなり、表現の対象となります。そして、そうすることで苦悩は超越することができるのです。日常生活において決して口にされることがなく、また口にすることのできない少年の日の苦悩は、文学作品に唯一にして最良の出口を見出します。

誰も過去を変えることはできません。しかし、文学は、変えることのできないものに意味を与え、和解を可能にします。カミュにとって、作品とは、そのような和解と超越の場であり、自己救済の試みだったのではないかという気がします。

いろいろ書いてきましたが、ここにあることが『異邦人』について唯一の正しい解釈であるなどと、私は思っていません。読者の数だけ解釈があるのが名作というものですし、『異邦人』はまさにそのような作品だと思います。

名作は読者に沈黙を強いると言います。そして、その沈黙をことばで表現するのが、批評家・研究者の役目だとも言います。高校生の頃、『異邦人』を読んで覚えた訳のわからない感動を、大人になったいま、うまく表現できたかどうか、正直言って、あまり自信はありません。ただ、その感動の一端なりともことばにできたのであれば、高校生の私とどこかで出会ったとしても、少しは胸をはることができるかなと思います。

最後になりましたが、この機会に、指導教授として私を育ててくださった加藤林太郎先生、ジャクリーヌ・レヴィ＝ヴァランシ先生、この本を出版してくださった世界思想社の中川大一さん、川瀬あやなさん、いつも私を支えてくれる最愛の妻和子、息子啓太、娘千夏、三十数年前に『異邦人』というタイトルの文庫本を私に差し出してくれた母仁子、そして誰よりこの本をここまで読んでくださった読者の方々に感謝の意を表明したいと思います。

どうもありがとうございました。

本書でとりあげたカミュの作品

『貧民街の声（*Les Voix du quartier pauvre*）』（一九七三年、死後出版）

一九三四年十二月、カミュが最初の妻シモーヌにクリスマスプレゼントとして贈ったエセー集。「声」をモチーフにした四つのエセー「考えることをしなかった女の声」、「死ぬために生まれてきた男の声」、「音楽によって昂揚された声」、「映画に行くためにおいてきぼりにされた病気の老婆の声」からなり、カミュは第一と第三のエセーで母親のことを、第二と第四のエセーで彼が住んでいたベルクールの老人の悲哀を語っています。

これらのエセーは、弟に恋の邪魔をされた母親が息子のアパートに愚痴を言いにくる「音楽によって昂揚された声」を除いて、加筆・訂正のうえ、『裏と表』に再録されています。

『ルイ・ランジャール（*Louis Raingeard*）』（二〇〇六年、死後出版、未訳）

一九三四年から一九三六年にかけて書かれた自伝的小説の草稿・断片。原稿の一部は、『裏と表』や『幸福な死』に転用されています。断章の連続であり、特にストーリーはありませんが、カミュが自分の結核体験について語っている箇所や、「母さん、僕はあなたにたくさんのことを説明したい。まず僕が不幸な人間であることから始めて」と、母親に語りかける箇所は非常に興味深いものがあります。

『裏と表（*L'Envers et l'endroit*）』（一九三七年出版、一九五八年再版）

一九三七年、カミュの友人エドモン・シャルロが経営する出版社から刊行された処女エセー集。家族が映画に行くためにおいてきぼりにされる老婆や、カフェでしゃべり続けるけれど、誰からも話を聞いてもらえない老人や、カミュ自身の祖母とその葬式を描いた「皮肉」、母親にまつわる思い出を描いた「諾と否の間」、チェコスロヴァキアのプラハとイタリアのヴィツェンツァへの旅行を描いた「魂の中の死」、バレアレス諸島への旅行を描いた「生きることへの愛」、自宅の部屋の窓から見える風景とその風景から生まれる心象を描いた「裏と表」の五編からなります。

カミュは長い間、このエセー集の再版を拒んでいましたが、一九五八年、書き下ろしの序文をつけて出版しました。

『幸福な死（*La Mort heureuse*）』（一九七一年、死後出版）

一九三六年から一九三八年にかけて執筆された小説。『異邦人』の母胎となった作品と言われています。カミュは、この作品を書き上げたものの、出来映えに満足できず放棄しました。主人公パトリス・メルソーが日曜日を自宅のバルコニーで過ごす場面は、『異邦人』にほとんどそのまま転用されています。あらすじについては、本書の第4章を参照してください。

『結婚（*Noces*）』（一九三九年）

一九三九年に出版された第二エセー集。アルジェ近郊の海辺の遺跡チパザを描いた「チパザの結婚」、アルジェリア南部の砂漠地帯にある遺跡ジェミラを描いた「ジェミラの風」、アルジェの街とその住民たちを描いた「アルジェの夏」、イタリアのトスカナ地方を描いた「砂漠」の四編からなります。

『シーシュポスの神話（*Le Mythe de Sisyphe*）』（一九四二年）

一九四二年、『異邦人』の五ヶ月後に出版された不条理をめぐる哲学的エセー。人生には意味がないという「不条理の感情」は、論理的帰結として自殺を導くかという問題を提起し、シェストフ、キルケゴール、フッサールらの哲学に言及しつつ、人生に意味がない以上、すべての行為は等価値であり、よりよく生きることではなく、より多く生きることが重要であると、「質の倫理」から「量の倫理」への転換をはかっています。また、人間が一定の期間に生きることができる経験の量は限られているのだから、より多く生きるためには、意識を研ぎすませておかねばならないとして、不条理から逃れるのではなく、つねに不条理に直面して生きるべきであると述べています。

なお、タイトルにあるシーシュポスは、ギリシャ神話の人物で、大きな岩を山の頂上へ押しあげる刑に処されています。やっとの思いで、頂上に着くと、岩は下まで転げ落ち、シーシュポスは、もう一度最初からやり直さなければなりません。カミュは最後の章でこの人物をとりあげ、「シーシュポスは幸福だと想像しなければならない」と書いています。

『カリギュラ（*Caligula*）』（一九四五年）

一九四五年、パリのエベルト座において、ポール・エトリ演出、ジェラール・フィリップ主演で初演された四幕の戯曲。実際に書かれたのは、かなり早く、初稿は一九三七年にまでさかのぼります。

ローマ皇帝カリギュラは、妹であり愛人でもあったドリュジラの死を境に、すっかり人が変わり、「人間は死ぬ。だから、幸福ではない」という「真実」に目覚め、「教育」として、恣意的に貴族たちの家族を殺し、財産を奪います。彼は、貴族たちが暗殺計画を立てていることを知りながら、何もせず殺されていきます。

カリギュラは実在のローマ皇帝であり、彼の言動の多くは史実に基づいていますが、その意味付けはカミュの創作です。カミュはカリギュラの死を「高度な自殺」と呼んでいます。

『誤解（*Le Malentendu*）』（一九四四年）

一九四四年、パリのマチュラン座において、マルセル・エラン演出、マリア・カザレス主演で初演された三幕の戯曲。『異邦人』で獄中のムルソーが読む新聞記事をふくらませたもの。

都会でひと旗あげるため家出した男が、二十年ぶりに故郷の村に戻り、妻を宿に残し、自分は客を装って、母親と妹が経営する宿屋に泊まったところ、ひとり旅の金持ちと誤解され、睡眠薬を飲まされ、川に投げ込まれて殺されてしまうというストーリー。翌日、旅行者の正体を知った母親は川に身を投げ、妹は部屋で首を吊ります。男の妻は宿屋の老僕に助けを求めますが、老僕はただひと言「いいえ」と答え、幕が降ります。

カミュは『異邦人』、『シーシュポスの神話』、『カリギュラ』、『誤解』の四作を「不条理の連作」と呼んでいます。

『ペスト（*La Peste*）』（一九四七年）

ナチスドイツのフランス占領とそれに対するレジスタンスを寓話の形で描いた小説。

一九四×年、アルジェリア第二の都市オランでペストが流行し、街が閉鎖されます。旅行でオランに滞在していたタルーの提言により、医師リウーは、市役所の非常勤職員グランらとともに、保健隊を組織し伝染病と闘います。パリから取材に来ていた新聞記者ランベールは、パリで待つ恋人と会うため、閉鎖された街から出ようと奔走しますが、最後の瞬間に「ひとりで幸福になるのは恥ずかしいことかもしれない」と言って、街に残り、保健隊に参加します。一方、警察に逮捕されることを恐れる謎の男コタールは、ペストを歓迎し、いきいきとしはじめます。

物語は、あえて名を隠した語り手によって語られますが、彼は最後に正体をあかし、「黙して語らぬ人々の仲間にならぬため、ペストに襲われた人々に有利な証言を行うため、彼らに対して行われた不正と暴力の思い出なりとも残しておくため、そして災害の中で学べること、すなわち人間の中には、軽蔑すべきことよりも、賞賛すべきことの方がたくさんあるということを単に言うために、ここで終わる物語を書こうと決意した」と述べています。

『反抗的人間（*L'Homme révolté*）』（一九五一年）

ひとは正義のために殺人を犯したり、それを黙認したりする権利があるかという問題を提起した哲学的エセー。カミュは正義のための殺人を必ずしも否定しませんが、そこには「限度」がなければならないと主張し、「限度」を忘れた革命は堕落すると述べています。

サルトルが主宰する雑誌『レ・タン・モデルヌ』に、フランシス・ジャンソンがこの本の書評を書き、カミュを批判したことから、いわゆるカミュ－サルトル論争が起こりました。この論争により、カミュは文壇で孤立を深めることになります。

カミュは、『ペスト』、『反抗的人間』に、二つの戯曲『戒厳令』と『正義の人々』を加え、「反抗の連作」と呼んでいます。

『夏（*L'Été*）』（一九五四年）

一九三八年から一九五三年までに書かれた八編のエセーを収めたエセー集。「ミノタウロス、またはオランの休息」、「アーモンドの樹」、「地獄のプロメテウス」、「過去のない町のための小さな手引き」、「ヘレネの追放」、「謎」、「チパザに帰る」、「まぢかの海（航海日誌）」からなります。

『転落（*La Chute*）』（一九五六年）

ジャン＝バティスト・クラマンスと名乗る男の饒舌な独白という体裁をとった中編小説。以前パリで弁護士をしていたが、現在は「改悛者にして判事」であるというクラマンスが、オランダ・アムステルダムの場末のバーで隣り合わせた男に話し続けます。聞き手の男のことばはひと言も書かれていません。

クラマンスは、高名な弁護士である自分に満足しきっていましたが、ある夜、ひとりの女が橋の上からセーヌ川に身を投げるところに遭遇し、何もできず見殺しにしたことから、歯車が狂い出し、すべてを捨て、アムステルダムまで流れてきたと言います。しかし、彼の「告白」には、ある目的がありました……。

この小説は、短編集『追放と王国』の中の一編として構想されましたが、書き進むうち、次第に長くなり、結局、『追放と王国』出版の前年に、独立した作品として発表されました。

『最初の人間 (*Le Premier Homme*)』(一九九四年、死後出版)
カミュの遺作となった未完の自伝的小説。「父親の探索」、「息子あるいは最初の人間」の二部からなります。
第一部「父親の探索」は、主人公ジャック・コルムリイが両親の旅行中にアルジェリア東部の村で誕生する場面から始まります。大人になったジャックは、第一次大戦で戦死した父親の姿を求めて、自分が生まれた場所を訪れますが、父親の生きた跡はどこにも見つかりません。第二部「息子あるいは最初の人間」は、ジャックの子ども時代の思い出、母親や祖母や叔父のこと、遊びや学校のことを描いています。その後、ジャックの恋愛やアルジェリア戦争の物語が続くはずでしたが、カミュの死により途中で終わっています。

本書ではとりあげませんでしたが、ほかにカミュの主要な作品として、スペインの町カディスをペストが襲うという戯曲『戒厳令（*L'État de siège*）』（一九四八年）、一九〇五年、帝政ロシアで、セルゲイ大公を暗殺するため、爆弾を投げようとしたが、大公の馬車に子どもが乗っていたため、急遽計画をとりやめ、数日後に改めて大公を暗殺した実在のテロリストたちに取材した戯曲『正義の人々（*Les Justes*）』（一九四九年）、夫の仕事に付き添いアルジェリア南部の砂漠の村を訪れた中年の主婦が、ひとりで村の堡塁にのぼり、夜空に自分を開く「不貞の女」、邪教を信じる未開の人間たちをキリスト教に改宗させ平伏させることを夢みて、アルジェリア奥地の砂漠の村に出かけた宣教師が捕らえられ、虐待を受けるうち、物神を崇拝するようになる姿を描いた「背教者、または混乱した精神」、ストライキに失敗した樽工場の工員たちの一日を描いた「もの言わぬ人々」、アラブ人の囚人をひと晩泊めなければならなくなった小学校教師を描いた「客」、有名になることで絵が描けなくなってしまった画家を描いた「ヨナ、または制作中の芸術家」、ブラジルのある町に堤防をつくるため派遣されたフランス人技師を描いた「生まれ出る石」の六編を収録した短編集『追放と王国（*L'Exil et le royaume*）』（一九五七年）などがあります。

＊映画・演劇

『異邦人』（一九六八年、イタリア・フランス・アルジェリア合作）

監督ルキノ・ヴィスコンティ、主演マルチェロ・マストロヤンニ、アンナ・カリーナという豪華メンバーで作られた映画ですが、私の知るかぎり、現在のところ日本ではビデオ化もＤＶＤ化もされていません。

原作を忠実になぞってはいますが、小説を読んだ者にとっては、いまひとつ面白みに欠ける作品のように思えます。その最大の理由は、小説ではムルソーがまわりの人やものを見る――つまり、ムルソーがカメラアイの役目を果たしているのに対し、映画では必然的にムルソーを映すことになるということでしょう。例えば、死刑判決がおりるシーンで、カメラはマストロヤンニ演じるムルソーの顔を映します。マストロヤンニはできるだけ無表情を装っているのですが、観客はそこに何かを読んでしまいます。そうなるとムルソーの奇妙な無関心から生まれる小説の味わいは失われてしまいます。

『異邦人』はほかにも、パリの小劇場で何度も舞台化されていますが、こちらも同じ問題を抱えているように思えます。『異邦人』の大きな魅力のひとつであるムルソーの奇妙な無関心を表現できるのは小説だけなのかもしれません。

『異邦人』以外のカミュの作品では、『ペスト』が、監督・脚本ルイス・ブエンゾ、出演ウィリアム・ハート、ロバート・デュヴァル、ラウル・ジュリア、サンドリーヌ・ボネールで、一九九二年に映画化されています。設定を原作のオランから南米に移し、新聞記者ランベールを女性にするといった大胆な脚色が施されていますが、日本では英語のタイトル *The Plague* をそのままとり、『プレイグ』（伝染病）というタイトルになっているため、カミュの『ペスト』が原作であることに気づいたひとは少なかったのではないかと思います。

カミュの戯曲が日本で上演されることは、それほど頻繁ではありませんが、二〇〇七年に、『カリギュラ』が、蜷川幸雄演出、小栗旬主演で上演され、好評を博したことは記憶に新しいところです。ＤＶＤにもなっていますので、是非ご覧ください。

本書でとりあげた研究書・研究論文

（紹介順。同じ研究書・論文を複数回紹介している場合は、初出のみを記載。
フランス語文献からの引用はすべて筆者が原文から訳出した。）

はじめに

Costes (Alain), *Albert Camus ou la parole manquante, étude psychanalytique*, Payot, 1973.（未訳）
Gassin (Jean), *L'Univers symbolique d'Albert Camus, essai d'interprétation psychanalytique*, Minard, 1981.（未訳）

第1章　ムルソーは異邦人か

野崎歓『カミュ『よそもの』きみの友だち』（理想の教室）、みすず書房、二〇〇六年。
Sartre (Jean-Paul), 《 L'Explication de *L'Étranger* 》, *Situations I*, Gallimard, 1947, pp. 92-112.（ジャン=ポ

ール・サルトル「『異邦人』解説」、窪田啓作訳、『シチュアシオンI 評論集』〔サルトル全集第十一巻〕、人文書院、一九七八年、八二頁～九九頁）

Barthes (Roland), *Le degré zéro de l'écriture*, Seuil, 《 Points 》, 1972.（ロラン・バルト『零度のエクリチュール』、石川美子訳、みすず書房、二〇〇八年、『エクリチュールの零度』、森本和夫・林好雄訳註、ちくま学芸文庫、一九九九年ほか）

Barrier (M.-G.), *L'Art du récit dans L'Étranger d'Albert Camus*, A. G. Nizet, 1962.（未訳）

Viggiani (Carl A.), 《 *L'Étranger* de Camus 》, *Configuration critique d'Albert Camus I, Camus devant la critique anglo-saxone*, textes réunis par J. H. Matthews, Minard, 《 La Revue des Lettres Modernes 》, 1961, pp. 103-136.（未訳）

Pariente (Jean-Claude), 《 L'Étranger et son double 》, *Albert Camus 1, autour de L'Étranger*, textes réunis par B. T. Fitch, Minard, 《 La Revue des Lettres Modernes 》, 1968, pp. 53-79.（未訳）

Champigny (Robert), *Sur un héros païen*, Gallimard, 《 Les essais 》, 1965.（ロベール・シャンピニィ『カミュ『異邦人』のムルソー――異教の英雄論』、平田重和訳、関西大学出版部、一九九七年）

Fitch (Brian T.), *Narrateur et narration dans L'Étranger d'Albert Camus, analyse d'un fait littéraire* (nouvelle édition), Minard, 《 Archives des Lettres Modernes 》, 1968.（未訳）

Le Hir (Jeanne), 《 De Mersault à Meursault : une lecture "intertexuelle" de *L' Étranger* 》, *Albert Camus 10, nouvelles approches*, Minard, 《 La Revue des Lettres Modernes 》, 1982, pp. 29-52.（未訳）

Lévi-Valensi (Jacqueline), 《 *L'Étranger* : un "meurtrier innocent"? 》, *Romans et crimes, Dostoïevski, Faulkner, Camus, Benet*, Champion, 《 Unichamp 》, 1998, pp. 79–121.（未訳）

第2章　ムルソーはなぜ泣かないのか

Pichon-Rivière (Arminda A. de) et Barranger (Willy), 《 Répression du deuil et intensifications des mécanismes et des angoisses schizo-paranoïdes (notes sur *L'Étranger* de Camus) 》, *Revue française de psychanalyse*, n°3, tome XXIII, mai-juin 1959, pp. 409–420.（未訳）

第3章　ムルソーはなぜアラブ人を殺害するのか

Todd (Olivier), *Albert Camus, une vie*, Gallimard, 1996.（オリヴィエ・トッド『アルベール・カミュ〈ある一生〉上・下』、有田英也・稲田晴年訳、毎日新聞社、二〇〇一年）

Barthes (Roland), 《 *L'Étranger*, roman solaire 》, *Œuvres complètes, tome I, 1942-1965*, Seuil, 1995, pp. 398–400.（ロラン・バルト「『異邦人』、太陽の小説」、『ロラン・バルト著作集1　文学のユートピア　一九四二―一九五四』、渡辺諒訳、みすず書房、二〇〇四年、三一二頁～三一七頁）

Mailhot (Laurent), *Albert Camus ou l'imagination du désert*, Presses de l'Université de Montréal, 1973.（未訳）

Girard (René), 《 Pour un nouveau procès de *L'Étranger* 》, (traduit par Régis Durand), *Albert Camus 1, autour de L'Étranger, op. cit.*, pp. 13-52.（ルネ・ジラール「『異邦人』のもう一つの罪」、『地下室の批評家』、織田年和訳、白水社、一九八四年、一五九頁〜二〇一頁）

O'Brien (Conor Cruise), *Camus*, Fontana-Collins, 《 Modern Masters 》, 1970.（コーナー・クルーズ・オブライエン『カミュ』、富士川義之訳、新潮社、一九七一年）

Said (Edward W.), *Culture and imperialism*, Alfred A. Knopf, 1993.（エドワード・W・サイード『文化と帝国主義1』、大橋洋一訳、みすず書房、一九九八年）

Fitch (Brian T.), 《 Carnet Critique : Travaux sur *L'Étranger* 》, *Albert Camus 2, langue et langage*, Minard, 《 La Revue des Lettres Modernes 》, 1969, pp. 149-161.（未訳）

Costes (Alain), 《 Le double meurtre de Meursault 》, *Cahier Albert Camus 5, Albert Camus : œuvre fermée, œuvre ouverte ? Actes du Colloque du Centre Culturel International de Cerisy-la-Salle, Juin 1982*, Gallimard, 1985, pp. 55-76.（未訳）

第4章　ムルソーは幸福か

Pingaud (Bernard), *L'Étranger de Camus*, Hachette, 《 Poche Critique 》, 1971.（ベルナール・パンゴー『カミュの『異邦人』』、花輪光訳、審美社、一九七五年）

Pingaud (Bernard), *L'Étranger d'Albert Camus*, Gallimard, 《 Foliothèque 》, 1992.（前掲書の新装・改訂版）

＊上記以外の参考文献

上記以外にも参照した文献はたくさんありますが、日本語で読めるものの中から、読者のみなさんに有用と思われるものをいくつかピックアップしておきます。

伝記

Lottman (Herbert R.), *Albert Camus*, traduit de l'américain par Marianne Véron, Seuil, 《 Points 》, 1978.（H・R・ロットマン『伝記　アルベール・カミュ』、大久保敏彦・石崎晴己訳、清水弘文堂、一九八二年）

『異邦人』論

鈴木忠士『カミュ『異邦人』の世界』、法律文化社、一九八六年

鈴木忠士『憂いと昂揚——カミュ『異邦人』の世界』、雁思社／風媒社、一九九一年

三野博司『カミュ『異邦人』を読む——その謎と魅力』、彩流社、二〇〇二年

Chaulet-Achour (Christiane), *Albert Camus, Alger, L'Étranger et autres récits*, Atlantica, 1998.（クリスティ

アーヌ・ショーレ=アシュール『アルベール・カミュ、アルジェ――『異邦人』と他の物語』、大久保敏彦・松本陽正訳、国文社、二〇〇七年)

定期刊行の研究誌

日本カミュ研究会『カミュ研究』、青山社、第一巻〜第九巻(二年に一度発行)

最後に、私の本を挙げておきます。フランス語で書かれていますが、興味がおありの方は是非お読みください。

Toura (Hiroki), *La Quête et les expressions du bonheur dans l'œuvre d'Albert Camus*, Eurédit, 2004.(未訳)

アルベール・カミュ略年譜

一九一三年（〇歳）
十一月七日、父リュシアンの赴任先であったアルジェリア東部、コンスタンティーヌ県モンドヴィ近くの農場で生まれる。

一九一四年（一歳）
七月、第一次大戦勃発。
八月、父リュシアン、歩兵として出征。一家はアルジェのベルクールに住む母方の祖母の家に身を寄せる。生活を支えるため、母カトリーヌは家政婦として働きに出る。
十月、マルヌの戦いで頭に傷を受けた父リュシアン、フランス北西部のサン＝ブリューの病院で死亡。

一九一八年（五歳）
オームラ通りの小学校に入学。

一九二三年（十歳）
小学校の担任ルイ・ジェルマンに認められ、進学のため、奨学金試験の準備をする。のちにカミュはノーベル賞受賞の際の講演をジェルマンに捧げている。

一九二四年（十一歳）
奨学金試験に合格し、高等中学に進学。サッカーに熱中する。

一九三〇年（十七歳）
アルジェ大学体育会のジュニア・サッカーチームに所属し、ゴールキーパーとして活躍。
この頃、母親に愛人がいることを知り、衝撃を受ける。
十二月、結核の発病。自宅では十分に療養できないことから、医者のすすめに従い、翌一九三一年から肉屋を営む叔父ギュスターヴ・アコーのもとで暮らす。

一九三一年（十八歳）
この年、祖母、死亡。
この頃、高等中学の最終学年の担当教員であり、のちに友人ともなるジャン・グルニエのすすめでアンドレ・ド・リショーの小説『苦悩』を読み、文学的創造の可能性に目覚める。

一九三二年（十九歳）

六月、大学入学資格試験（バカロレア）に合格。
十月、パリの高等師範学校（エコール・ノルマル・シュペリウール）受験をめざし、高等専門学校準備課程に登録。

一九三三年（二十歳）
健康上の理由から高等師範学校受験を断念。アルジェ大学文学部で哲学を専攻。

一九三四年（二十一歳）
六月、シモーヌ・イエと結婚。
十二月、『貧民街の声』完成。

一九三五年（二十二歳）
五月、創作ノート『手帖』を書きはじめる。
共産党入党。イスラム教徒に対する情宣活動に従事。劇団「労働座」を結成。

一九三六年（二十三歳）
五月、アルジェ大学に論文『キリスト教とネオプラトニズム』を提出、哲学の学位を取得。
夏、中央ヨーロッパ、イタリアへ旅行。旅行中、妻の不貞を知り、帰国後、別居（正式の離婚は一九四〇年二月）。

一九三七年（二十四歳）

五月、処女エセー集『裏と表』を友人エドモン・シャルロが経営する出版社から刊行。

共産党がイスラム教徒に対する方針を転換したことを不服として離党。「労働座」を解散し、新たに「仲間座」を結成。

一九三八年（二十五歳）

六月、『幸福な死』完成。

十月、健康上の理由から大学教授資格試験（アグレガシヨン）受験を断念。パスカル・ピアが主宰する新聞『アルジェ・レピュブリカン』に記者として入社。

一九三九年（二十六歳）

三月、オダン事件を取材。『アルジェ・レピュブリカン』紙上で冤罪を主張し、無罪を勝ち取る。

五月、第二エセー集『結婚』をエドモン・シャルロ社から刊行。

六月、アルジェリア東部のカビリー地方の飢餓と貧困に関するルポルタージュ「カビリーの悲惨」を『アルジェ・レピュブリカン』に連載。エル・オクビ事件を取材。冤罪を主張し、無罪を勝ち取る。

九月、第二次大戦勃発。従軍を志願するが、健康上の理由から拒否される。『アルジェ・レピュブリカン』、発行を停止。夕刊紙『ソワール・レピュブリカン』として存続をはかるが、翌一九四〇年一月、当局の発行停止処分を受け、活動停止。

一九四〇年（二十七歳）
三月、パスカル・ピアの紹介で、パリに赴き、通俗大衆紙『パリ・ソワール』に入社。『パリ・ソワール』社移転にともない、クレールモンフェラン、リヨンに転居。
五月、『異邦人』完成。
十二月、リヨンでフランシーヌ・フォールと結婚。人員削減にともない『パリ・ソワール』を解雇される。

一九四一年（二十八歳）
一月、フランシーヌの実家があるアルジェリアのオランへ転居。
九月、パスカル・ピア、アンドレ・マルロー経由で、『異邦人』、『シーシュポスの神話』、『カリギュラ』をパリの一流出版社ガリマール社に持ち込む。

一九四二年（二十九歳）

五月、ガリマール社から『異邦人』を刊行。

八月、結核が再発したため、フランス中央山脈の小村ル・パヌリエで療養生活を始める。

十月、ガリマール社から『シーシュポスの神話』を刊行。

十一月、妻フランシーヌがオランに戻っている間に、連合軍のアルジェリア上陸作戦が始まり、一九四四年十月まで別離を余儀なくされる。

一九四三年（三十歳）
パリでジャン＝ポール・サルトル、シモーヌ・ド・ボーヴォワールと知り合い、親交を深める。
一九四四年（三十一歳）
レジスタンスの地下出版紙『コンバ（戦闘）』の編集に携わる。
六月、パリのマチュラン座で『誤解』を初演（主演マリア・カザレス）。その後、カザレスとの交際はカミュの死まで続く。
八月、パリ解放。日刊紙となった『コンバ』で主筆として活動（一九四七年まで）。
一九四五年（三十二歳）
九月、妻フランシーヌ、双子（カトリーヌとジャン）を出産。パリのエベルト座で『カリギュラ』を初演（主演ジェラール・フィリップ）。
一九四七年（三十四歳）
六月、『ペスト』を刊行。「批評家賞」を受賞。
八月、ブルターニュに旅行。サン＝ブリューを訪れ、初めて父リュシアンの墓に参る。
一九四八年（三十五歳）
十月、パリのマリニー座で『戒厳令』を初演（演出ジャン＝ルイ・バロー）。

一九四九年（三十六歳）
十二月、パリのエベルト座で『正義の人々』を初演（主演マリア・カザレス）。

一九五一年（三十八歳）
十月、『反抗的人間』を刊行。

一九五二年（三十九歳）
五月、サルトルの主宰する雑誌『レ・タン・モデルヌ』で、フランシス・ジャンソンが『反抗的人間』を批判。カミュが編集長であるサルトルあてに反論を送ったことから、いわゆるカミュ-サルトル論争へと発展。
十二月、アルジェ近郊の思い出の地チパザを再訪。自己の源泉に立ち戻り、自らの中に「なにものにも負けない夏」を見出す。

一九五四年（四十一歳）
三月、『夏』を刊行。
十一月、アルジェリア戦争勃発。

一九五六年（四十三歳）
一月、アルジェで講演、休戦のアピールを行うが、以後、アルジェリア問題について沈黙を守る。

五月、『転落』を刊行。

一九五七年（四十四歳）

三月、『追放と王国』を刊行。

十月、ノーベル文学賞受賞。

十二月、ストックホルムでノーベル賞授賞式に出席。ストックホルム大学での討論会の席上、イスラム教徒の学生からアルジェリア問題について質問され、「私は正義を信じる。しかし、正義より前に私の母を守るだろう」と答える。

一九五八年（四十五歳）

三月、書き下ろしの序文をつけて『裏と表』を再版。

九月、ジャン・グルニエゆかりの地、南仏のルールマランに家を購入。

一九六〇年（四十六歳）

一月四日、ルールマランからパリへの途上、友人ミシェル・ガリマールの運転する車に同乗中、道路脇のプラタナスの木に激突し死亡。遺体はルールマランに埋葬される。車の中に残された鞄には、自伝的小説『最初の人間』の書きかけの原稿が入っていた。

写真クレジット

カミュ関係の文書や写真はアルベール・カミュ資料センター（Centre de documentation Albert Camus）に保管されている。本書一〇、八八、一三八、一五七頁の写真は、同センターの許可を得て掲載している。

著者紹介

東浦弘樹（とううら　ひろき）

関西学院大学文学部教授（フランス文学）。演劇ユニット・チーム銀河代表（劇作家・役者）。
1959年、兵庫県生まれ。京都大学文学部フランス文学科卒業。関西学院大学文学研究科在学中にフランス政府給費留学生として渡仏。ピカルディー大学（アミアン）で国際カミュ研究会会長ジャクリーヌ・レヴィ=ヴァランシ教授に師事。ピカルディー・ジュール・ヴェルヌ大学文学博士。
主著に『フランス恋愛文学をたのしむ――その誕生から現在まで』（世界思想社、2012年）、*La Quête et les expressions du bonheur dans l'œuvre d'Albert Camus*（『アルベール・カミュの作品における幸福の追求とその表現』、Eurédit社、2004年）、翻訳書にパトリック・ラペイル『人生は短く、欲望は果てなし』（オリヴィエ・ビルマンと共訳、作品社、2012年）などがある。

晴れた日には『異邦人』を読もう
――アルベール・カミュと「やさしい無関心」

2010年9月10日　第1刷発行
2021年3月20日　第3刷発行

定価はカバーに
表示しています

著　者　東浦弘樹
発行者　上原寿明

世界思想社

京都市左京区岩倉南桑原町56　〒606-0031
電話 075(721)6500
振替 01000-6-2908
http://sekaishisosha.jp/

（印刷・製本　太洋社）

ISBN978-4-7907-1489-7

フランス恋愛文学をたのしむ
——その誕生から現在まで

東浦弘樹 著／本体 2300 円

いつの時代も文学は、恋に生きる「おろかしくもいとおしい」人間を描いてきた。『トリスタンとイズー』から古典悲劇、ファム・ファタル小説、そして現代小説『人生は短く、欲望は果てなし』まで、フランス恋愛文学珠玉の二十篇を読み解く。

ピンチョンの『逆光』を読む
——空間と時間、光と闇

木原善彦 著／本体 2000 円

フロンティアが消滅したアメリカと世界大戦へと突き進むヨーロッパを舞台に、〈偶然の仲間〉の冒険、トラヴァース一家の復讐が交錯する物語『逆光』。ポストモダン文学の巨人ピンチョンの千ページを超える傑作の訳者が贈る、ひとつの創造的注釈書。

＊本体価格は税別、2021 年 3 月現在